FANTASY

Im Goldmann Verlag liegen bereits
folgende Bände der DRACHENLANZE-Saga vor:

Die Chronik der DRACHENLANZE

1. Drachenzwielicht (24510) • 2. Drachenjäger (24511) • 3. Drachenwinter (24512) • 4. Drachenzauber (24513) • 5. Drachenkrieg (24516) • 6. Drachendämmerung (24517)

Die Legenden der DRACHENLANZE

1. Die Brüder (24527) • 2. Die Stadt der Göttin (24528) • 3. Der Krieg der Brüder (24530) • 4. Die Königin der Finsternis (24531) • 5. Der Hammer der Götter (24533) • 6. Caramons Rückkehr (24534)

Die Geschichte der DRACHENLANZE

1. Die Zitadelle des Magus (24538) • 2. Der Magische Turm (24539) • 3. Die Jagd des Todes (24540) • 4. Der Zauber des Palin (24541) • 5. Der edle Ritter (24542) • 6. Raistlins Tochter (24543)

Das Heldenlied der DRACHENLANZE

1. Das Ehrenwort (24587) • 2. Verrat unter Rittern (24589) • 3. Das Schwert des Königs (24591) • 4. Heldenblut (24593) • 5. Unter dunklen Sternen (24594) • 6. Die Stunde des Skorpions (24595)

Der Bund der DRACHENLANZE

1. Ungleiche Freunde (24602) • 2. Die Erben der Stimme (24603) • 3. Die Stunde der Diebe (24604) • 4. Finstere Pläne (24605) • 5. Das Mädchen mit dem Schwert (24606) • 6. Verspätete Rache (24607) • 7. Schattenreiter (24673) • 8. Das Siegel des Verräters (24674) • 9. Stahl und Stein (24675) • 10. Das Schloß im Eis (24676) • 11. Der Zauber des Dunkels (24677) • 12. Die Jäger der Wüste (24678)

Die Erben der DRACHENLANZE

1. Drachensommer (24708) • 2. Drachenfeuer (24718) • 3. Drachennest (24782) • 4. Die Grube der Feuerdrachen (24783)

DRACHENLANZE – Die Neue Generation (24621)

Weitere Bände in Vorbereitung.

MARGARET WEIS & DON PERRIN

Die Erben der Drachenlanze 4

DIE GRUBE DER FEUERDRACHEN

Aus dem Amerikanischen
von Imke Brodersen

DRAGONLANCE™

GOLDMANN

Das Buch erschien im Original unter dem Titel
»Dragonlance Saga, The Doom Brigade« (Chapters 21–43)
bei TSR, Inc., 1801 Lind Ave SW, Renton, WA 98055, USA

Umwelthinweis:
Alle bedruckten Materialien dieses Taschenbuches
sind chlorfrei und umweltschonend.
Das Papier enthält Recycling-Anteile.

Der Goldmann Verlag
ist ein Unternehmen der Verlagsgruppe Bertelsmann

Deutsche Erstveröffentlichung 2/98

U. S., CANADA,
ASIA, PACIFIC &
LATIN AMERICA
Wizards of the Coast, Inc.
P.O. Box 707
Renton, WA 98057-0707
+ 1-206-624-0933

EUROPEAN HEADQUARTERS
Wizards of the Coast,
Belgium
P.B. 34
2300 Turnhout
Belgium
+32-14-44-30-44

Visit our website at http://www.tsrinc.com

Published in the Federal Republic of Germany by
Wilhelm Goldmann Verlag, München
Deutschsprachige Rechte beim
Wilhelm Goldmann Verlag, München
Umschlaggestaltung: Design Team München
Umschlagillustration: TSR / Larry Elmore
Satz: deutsch-türkischer fotosatz, Berlin
Druck: Elsnerdruck, Berlin
Verlagsnummer: 24783
Redaktion: Andreas Helweg
V. B. · Herstellung: Peter Papenbrok
Printed in Germany
ISBN 3-442-24783-7

1 3 5 7 9 10 8 6 4 2

Kapitel 1

Das würde die Drakonier teuer zu stehen kommen, dachte Kang, aber nicht, solange sie sich von Ritterlord Sykes fernhielten. Und Kang hatte gewiß nicht die Absicht, sich erneut zu verpflichten. Die Ritter könnten den Deserteuren natürlich nachjagen, aber wozu? Sykes hatte Wichtigeres zu tun – zum Beispiel Ansalon erobern.

Nachdem er zufriedenstellend sich selbst eingeredet hatte, daß es keine Verfolger geben würde, freute sich Kang darauf, in ihre ummauerte Enklave zurückzukehren. Wer weiß? Jetzt, wo es schien, als ob das Dorf endgültig ihre Heimat sein würde, konnten sie ihm doch auch einen Namen geben.

Das Regiment war seit dem vorigen Abend unterwegs. Sie hatten eine kurze Pause eingelegt und waren nun auf dem Heimweg. Nur sechs Tage waren sie fort gewesen, aber Kang kam es vor wie sechshundert Jahre. Er träumte nur noch davon, wieder in seinem eigenen Bett zu schlafen – wenn sich die Zwerge nicht damit davongemacht hatten.

Kang grinste. Sechs Zwerge würden Kopf an Fuß in Kangs großes Bett passen. Das war das einzige, was sie mit einiger Sicherheit nicht gestohlen haben würden.

Im Gänsemarsch betraten die Drakonier den engen Bergpaß, der sie nach Hause führen würde. Kang ging voran. Slith blieb zurück, um sich zu vergewissern, daß jeder es sicher schaffte und daß ihnen niemand folgte. Er würde als letzter gehen.

Kang war der erste, der den Paß überwunden hatte. Er blieb stehen, um einen Blick auf ihr Dorf zu werfen.

Er konnte es nicht sehen. Der aufsteigende Rauch nahm ihm die Sicht.

Kang war es, als hätte ihm jemand einen Schlag in die Magengrube versetzt. Der Anblick war so erschütternd, daß er einen Schritt zurückwich und fast dem Baaz auf die Füße getreten wäre, der hinter ihm auftauchte. Der Baaz streckte eine Hand aus, um seinen Kommandanten zu stützen. Kang schüttelte den Soldaten ab, stieß ein wildes Gebrüll aus und stürmte den Berg hinunter.

Mit einem verzweifelten Lauf erreichte Kang das sonnenversengte Gras des Tals. Die Drakonier folgten ihm auf dem Fuße.

Doch sie waren zu spät. Sie konnten nichts mehr tun.

Kang kam zum Stehen. Hinter ihm stauten sich die anderen. Niemand sagte auch nur ein Wort. Sie standen da und sahen zu, wie ihr Dorf niederbrannte.

Die Flammen hatten bereits die meisten der inneren Gebäude verzehrt. Die Wachtürme waren eingestürzt. Das Tor fiel mit einem Funkenschauer in sich zusammen. Und rund um die Mauern liefen Zwerge mit Fackeln in der Hand herum.

Kang war außer sich gewesen, als die Ritter ihm befohlen hatten, Latrinen zu graben. Aber jetzt verspürte er einen Zorn, einen glühendheißen Zorn, der wilder und heißer brannte als die Flammen, die gerade die letzten fünfundzwanzig Jahre seines Lebens fraßen. Er hatte sich den Zwergen gegenüber tolerant gezeigt, und sie hatten ihn zum Dank verraten. Er hatte ihnen sein Werk überlassen, hatte sich sogar an dem Gedanken erfreut, daß sie es nutzen könnten, und sie hatten ihm ins Gesicht gespuckt.

Die Drakonier brauchten fast dreißig Minuten, um im Laufschritt das brennende Dorf zu erreichen. Kang führte sie an, das Schwert in der Hand und tödliche Zaubersprüche im Sinn.

Sie waren an der Außenmauer, ehe die Zwerge – die mit ihrem Zerstörungswerk beschäftigt waren – sie bemerkten.

Ein Zwerg, der auf der Mauer stand, warf einen Blick über die Schulter, bemerkte sie und heulte auf.

Kang hob die Hand. Ein Blitz knisterte aus seinen Fingerspitzen. Der magische Blitzschlag traf den Zwerg vor die Brust und warf ihn zurück. Der Zwerg fiel von der Mauer und stürzte tödlich getroffen in einen brennenden Schuppen.

Kang rannte quer über die Reste des glühenden Tors. Das geschwärzte Holz leuchtete rot und verbrannte ihm die Fußsohlen, aber das spürte er kaum. Was waren schon Brandblasen gegen den Schmerz, seine Schöpfung in Flammen aufgehen zu sehen. Dieser Schmerz war wie ein Dolch in seinen Eingeweiden.

Die Drakonier stürmten Kang hinterher. Sobald sie innerhalb der Mauern waren, schwärmten sie aus und suchten nach Zwergen. Es waren noch ungefähr fünfzehn Zwerge im Dorf. Die anderen hatten sich wahrscheinlich mit dem davongemacht, was sie tragen konnten, und nur genügend Männer zurückgelassen, um den Ort in Brand zu stecken. Diese Zwerge saßen innerhalb der Mauer aussichtslos in der Falle.

Den nahenden Tod vor Augen, zogen die Zwerge ihre Schwerter und leisteten grimmig Widerstand, wo immer man auf sie traf. Die meisten aber starben, ohne etwas auszurichten. Die wütenden Drakonier hackten sie in Stücke. Dann sammelten die Drakonier die Leichenteile auf und warfen sie ins Feuer.

Kang schlug gerade einem toten Zwerg den Kopf ab, um diesen an die rußgeschwärzte Steinmauer zu hängen, die praktisch das einzige war, was vom Drakonierdorf jetzt noch übrig war. Er hörte einen Drakonier seinen Namen rufen, achtete jedoch nicht darauf. Der Drakonier rief abermals. Dann packte ihn jemand am Arm. Verärgert über die Unterbrechung drehte Kang sich um, ohne sein blutiges Schwert loszulassen.

Es dauerte einen Moment, bis der rote Nebel vor seinen Augen sich verzogen hatte. Als es soweit war, sah er Slith.

»Sir!« Sliths Stimme war durch den Rauch und das Schreien

rauh geworden. »Sir! Bei der Liebe der Königin, hört mich an, Sir!«

Kang ließ sein Schwert sinken.

»Sir«, sagte Slith hustend. »Wir müssen die Männer unter Kontrolle bekommen! Sie wollen Celebundin stürmen. Wenn sie jetzt losrennen, ohne jede Disziplin, ohne Befehle, werden sie alle umgebracht!«

Kang starrte Slith an. Er wußte, daß sein Stellvertreter zu ihm sprach. Er wußte, daß Slith etwas Wichtiges sagte, aber Kang konnte kein Wort verstehen, weil das Blut in seinem Kopf so rauschte.

»Noch mal«, sagte er mit trockenem, ausgedörrtem Mund.

Slith wiederholte, was er gesagt hatte. Diesmal war Kang ruhig genug, um es zu begreifen.

»Ja. Ihr habt recht. Geht ...« Kang winkte mit seiner blutigen Hand.

Slith drehte sich um und lief los. Seine Befehle übertönten das Prasseln der heruntergebrannten Feuer. Kang wußte, daß er ihm beistehen müßte, aber er fühlte sich seltsam matt und kraftlos. Er steckte in einem jener schrecklichen Träume, wo man sich bewegen will, wo man weiß, daß man sich bewegen muß, und doch immer am selben Fleck bleibt.

Einen Augenblick lang glaubte Kang, es würde Slith nicht gelingen. Die Drakonier schrien wie ein aufgebrachter Straßenmob herum, daß sie jeden Zwerg auf der Welt umbringen würden. Aber ein Mob ist einer organisierten Armee nicht gewachsen, und Kang vermutete, daß die Zwerge bereits von der Rückkehr der Drakonier erfahren hatten und sie erwarten würden.

Also schön, dachte Kang bei sich. Dann ist das unser Ende. Wenigstens würde er einigermaßen zufrieden vor seine Königin treten können.

Und dann übertönte das Signalhorn den Lärm: Offiziersruf. Bei diesen Tönen hoben die Drakonier die Köpfe und sahen sich benommen um. Slith hatte seine Stimme verloren, was er jedoch offenbar nicht merkte, denn er schrie immer noch, ohne daß ihn jemand hören konnte. Es war ein genialer Einfall gewesen, der dem Hornisten gekommen war. Ein paar Offiziere kamen wieder zu sich und halfen, die Ordnung wieder herzustellen.

Langsam schlurften die Drakonier an ihre Plätze, formierten sich auf der Wiese vor ihrem brennenden Dorf. Kang würde zu ihnen sprechen müssen. Er erinnerte sich daran, sich schon einmal so gefühlt zu haben – als er als junger Offizier seine erste Schlacht verloren hatte. Er fürchtete diese Aufgabe.

Langsam hob Kang sein Schwert auf, wischte es am Körper des toten Zwergs vor seinen Füßen ab und stellte erst dabei fest, daß der Zwerg eine Uniform trug. Kang steckte die Waffe ein. Er ging durch die raucherfüllten Straßen und das schwarze Tor. Jetzt spürte er auch den Schmerz an seinen verbrannten Füßen.

Als er eintraf, waren alle Offiziere anwesend, und die Drakoniertruppen hatten Haltung angenommen. Disziplin hatte über das Chaos gesiegt. Disziplin. Damit hatten sie solange durchgehalten. Wenn Ihre Dunkle Majestät es so wollte, würden sie damit noch viel länger durchhalten.

Kang richtete sich auf.

Slith ließ die Offiziere salutieren, als Kang sich näherte. Krächzend erstattete er Bericht. »Alle Offiziere anwesend, Sir, bis auf zwei. Gloth und Stehmph sind unterwegs, um Euren Weisungen gemäß jeden einzufangen, der sich selbständig gemacht hat.«

Diese Lüge war für die anderen Offiziere bestimmt. Kang hatte keinen solchen Befehl erteilt. Aber es war jetzt von elementarer Wichtigkeit, die Position des Kommandanten zu stützen.

»Danke, Slith«, sagte Kang leise. »Ich stehe in Eurer Schuld. Wieder mal.«

Slith stand da, salutierte und tat, als hätte er nichts gehört.

»Truppführer«, schrie Kang, dessen Kehle vom Rauch wund war. »Nehmt Eure Männer und beginnt mit den Löscharbeiten. Yethik, laßt Eure Leute vom Nachschub jeden Fingerbreit des Dorfes absuchen. Alles, was irgendwie von Nutzen sein könnte, wird geborgen. Einschließlich der Nägel, Scharniere und so weiter. Gloth, nehmt einen Trupp der Zweiten Kompanie und bildet im Norden eine Postenkette, zweihundert Schritt weiter. Lediglich unsere versprengten Leute dürfen herein, und niemand darf hinaus. Laßt Eure Drakonier alles aufsammeln, was noch von diesen verdammten Zwergen übrig ist, und nagelt es an Pfähle. Stellt sie hier draußen auf. Wir sind mit diesen Zwergen zu milde umgesprungen. Aber das wird sich ändern.«

Slith drehte sich zu den Offizieren um. »Ihr habt den Kommandanten gehört! Abmarsch!«

Die Drakonier verteilten sich und gingen daran, ihre Aufgaben zu erledigen. Kang war ziemlich sicher, viel würden sie nicht bergen. Auch drohte kein unmittelbarer Angriff. Die Zwerge hatten sich wahrscheinlich in ihrem Dorf verbarrikadiert und befürchteten das Schlimmste. Wichtig war, daß seine Männer etwas Sinnvolles zu tun bekamen und ihre Wut in der Arbeit auslassen konnten. Als Slith und Kang allein waren, wandte Slith sich wieder an seinen Kommandanten. Rauch wehte an ihnen vorbei. Irgendwo krachte ein brennender Balken herunter.

»Was machen wir jetzt, Sir?« fragte Slith mit rauhem Flüstern. Mehr brachte er nicht mehr heraus.

Kang seufzte und rieb sich das Kinn. »Ich weiß es nicht. Ich schätze, wir schlagen im Westen des Dorfes ein Lager auf. Dann sind wir wenigstens vor dem Wind geschützt. Wenn alles abgekühlt ist, können wir vielleicht den Schutt wegräumen und alles neu aufbauen.«

Slith schüttelte den Kopf. »Das wäre nicht dasselbe, Sir.«

»Nein, da habt Ihr recht. Es wird nie wieder dasselbe sein.«

Ihr beschauliches Leben der letzten fünfundzwanzig Jahre war durch das Feuer mit lautem Paukenschlag zu Ende gegangen. Ihre Versuche, relativ friedlich neben dem Nachbarn zu existieren, waren gescheitert. Diese Beziehung hatte auf einem gewissen Vertrauen gegründet, und das war nun zunichte.

»Warum haben sie das nur getan, Sir?« fragte Slith gleichermaßen verwirrt und verletzt. »Es gab alles mögliche Wertvolle da drin. Sie hätten es wegschleppen und benutzen können. Aber sie haben es verbrannt! Warum?«

»Haß«, sagte Kang. »Sie hassen uns so sehr, daß sie nichts von uns übriglassen wollten. Ich dachte, das hätte sich vielleicht geändert. Ich meine, ich dachte nicht, daß sie uns inzwischen gern haben. Ich mag die Zwerge auch nicht. Niemals. Aber ich kann sie tolerieren. Ich dachte, sie würden uns gegenüber vielleicht ähnlich fühlen. Anscheinend nicht. Aber eins sage ich Euch, Slith.« Kangs Stimme wurde hart. »Dafür wird Celebundin bezahlen.«

Slith nickte zufrieden. Er drehte sich um und schloß sich der Truppe an, welche die Postenlinie bilden sollte.

Es dauerte vier Stunden, die Feuer zu löschen. Kein Gebäude war verschont geblieben. Zum Glück hatten die Drakonier ihr Werkzeug, die Waffen und die Rüstungen mitgenommen, als sie aufgebrochen waren, um sich der Armee anzuschließen. Wenigstens vorläufig konnten sie in ihren Zelten Schutz finden, bis Kang entschied, was zu tun war und wo es zu tun war.

Das Holz glühte noch und würde dies noch tagelang tun. Kang wußte, daß er diesen Gestank nie wieder aus den Nüstern bekommen würde. Die Drakonier waren von den Aufräumarbeiten zwischen den immer noch warmen Ruinen rußverschmiert. Gloths Posten umringten die wenigen Drakonier, die Amok liefen, ihre Befehle mißachteten und davonrannten, um Zwerge umzubringen. Sie wurden aufgehalten, bevor sie Celebundin erreichten, und streng bestraft. Keine Armee kann überleben, wenn die Disziplin nachläßt und die Soldaten nach eigenem Gutdünken handeln.

Bis Sonnenuntergang hatten die Drakonier ihre alte Heimat evakuiert. Sie begannen, Gräben um ein neues Lager zu ziehen, wie sie es schon so oft getan hatten. Die Arbeit ging langsam und halbherzig voran. Die Drakonier hatten fast drei Tage nicht mehr geschlafen. Ihre Wut hatte das bißchen Kraft verbraucht, das ihnen geblieben war. Einige schliefen im Stehen ein, kippten in den Graben, den sie gerade schaufelten. Nicht einmal beim Umfallen wurden sie wieder wach. Nach Anbruch der Nacht befahl Kang, alle Arbeiten einzustellen.

Als seine Soldaten zu ihren Zelten taumelten, befahl Kang dem Hornisten, die Offiziere erneut zusammenzurufen. Sie sammelten sich um ihren Kommandanten.

»Heute nacht«, sagte Kang, »halten wir Offiziere Wache. Die Männer sind so müde, daß sie auf ihren Posten einschlafen oder etwas Dummes anstellen würden – zum Beispiel einen Pfeil auf jemanden zu schießen, der zur Latrine geht. Es ist an uns, den Offizieren, einen klaren Kopf zu behalten. Keiner geht vor Sonnenaufgang schlafen. Verstanden?«

»Ja, Kommandant«, antwortete Slith für alle.

Jeder suchte sich einen Posten.

Kang machte es sich an seinem Platz bequem. Der Himmel war wolkenlos. Die Sterne wirkten ungewöhnlich hell, fast fiebrig hell, als ob der Himmel selbst rastlos und unruhig wäre. Kang mußte sich nicht darum sorgen, womöglich einzuschlafen. So müde er war, seine Nerven lagen unangenehm blank. Wenn er im Bett liegen würde, hätte er die ganze Nacht die Zeltklappe angestarrt.

So starrte er zu den funkelnden Sternen hinauf, und seine Gedanken waren dunkler als die Nacht. Allmählich zweifelte er an sich selbst, an seinen Fähigkeiten als Kommandant. Er dachte an den Tag zurück, an dem alles begonnen hatte auseinanderzufallen – der Tag, an dem er das Fehlen seines heiligen Symbols bemerkt hatte.

Und es war ein verdammter Zwerg gewesen, der es ihm gestohlen hatte.

Jede Entscheidung, die er seitdem getroffen hatte, war falsch gewesen. Vielleicht sollte er zurücktreten und Slith das Kommando übertragen.

Während er so in den Himmel starrte, fand er die Konstellation seiner Königin – den fünfköpfigen Drachen. Kang sprach mit seiner Königin, bat nicht um magische Sprüche, Macht oder Ruhm. Er flehte sie um Vergebung an. Er bat um ihre Hilfe und Führung.

Und angesichts des Friedens, der seine Seele erfüllte – und der Idee, auf die sie ihn brachte –, schien es ihm, als würde diese Hilfe gewährt.

Am Morgen war nur noch die Hälfte der Offiziere wach. Die restlichen waren auf ihren Posten eingeschlafen.

Kang verlor nie ein Wort darüber.

Kapitel 2

Zwei Tage später ließ Kang Slith rufen.

Der Sivak, der immer noch an der Postenlinie eingesetzt war, betrat das Kommandozelt, in dem Kang auch wohnte. »Sir? Man sagte mir, Ihr wünschtet mich zu sehen?«

Kang saß an einem hastig zusammengezimmerten Tisch auf einem einfachen Stuhl, der bei jeder Bewegung laut knarrte. Er war draußen gewesen, um die neuen Brustwehren zu inspizieren. Jetzt wetzte er die Klinge seines Messers. »Ja, das stimmt. Ich habe eine Aufgabe für Euch, mein Freund. Eine, die Euch gewiß gefallen wird.«

Slith grinste. »Ja, Sir!«

Kangs nächste Frage überraschte den Sivak.

»Was denken die Männer, Slith? Ihr seid ihnen näher als ich. Was sagen sie?«

Slith wirkte verlegen.

»Darf ich offen reden, Sir?«

»Habt Ihr je etwas anderes getan, mein Freund?« fragte Kang trocken.

»Tja«, Slith war die Sache peinlich, »sie finden, Ihr seid zu weich geworden, Sir. Es sind schon zwei Tage vergangen, und anstatt Zwergenköpfe abzuschlagen, tun wir nichts anderes als Buddeln. Da hätten wir auch gleich bei den Schwarzen Rittern bleiben können. Die Männer wollen Rache.«

Kang nickte. »Das habe ich mir gedacht. Die Männer wollen die Zwerge vom Erdboden vertilgen.«

»Ihnen dasselbe antun, was sie uns getan haben, Sir.«

»Sie haben uns nicht ausgelöscht«, sagte Kang. »Sie haben unser Dorf niedergebrannt, während wir fort waren.«

»Ja, Sir. Vermutlich habt Ihr recht, Sir.« Slith wirkte betroffen. Wie die übrigen dachte er offenbar, daß sein Kommandant weich geworden war. War Kang der einzige, der über seine eigene Schnauze hinausblicken konnte?

»Was geschieht, wenn wir alle Zwerge töten, Slith?«

»Dann geht es uns höllisch viel besser«, antwortete Slith, dessen Kiefer grausam zuschnappte.

Kang unterdrückte ein Lächeln. »Und hinterher? Nachdem wir in ihrem Blut gebadet haben? Was geschieht danach?«

»Wir haben das ganze Tal für uns, Sir. Wir können in Ruhe und Frieden hier leben.«

»Würde Euch das gefallen, Slith? Ruhe und Frieden? Keine Überfälle. Kein mitternächtlicher Alarm. Könnte schließlich ganz nett sein«, meinte Kang nachdenklich. »Ihr könntet Euch endlich Eurem Garten widmen. Unkraut jäten, Karotten ziehen. Vielleicht sogar Hühner züchten.«

Slith verzog das Gesicht.

»Natürlich«, fuhr Kang fort, »müßtet Ihr auch den Streit schlichten, der in der Truppe ausbrechen würde, wenn die Männer keine andere Möglichkeit mehr finden, Dampf abzulassen. Aber denkt nur an die langen, friedlichen Nächte. Sehr lang. Kein Zwergenschnaps. Kein Nußbier. Wir bekämen soviel zustande. Ich dachte da an eine Vortragsreihe –«

»Also gut, Sir«, sagte Slith erschüttert. »Schon verstanden. Aber ich muß Euch eins sagen, Sir: Ich kenne die Zwerge. Und sie werden glauben, daß wir alle weich geworden sind, wenn wir sie nicht wenigstens bestrafen, und zwar gehörig bestrafen.«

»Das habe ich auch vor, Slith«, sagte Kang jetzt strenger. »Zuerst möchte ich aber sichergehen, daß sie nicht vorhaben, uns auszulöschen. Ihr wißt, daß sie das könnten, wenn sie jetzt richtig zuschlagen. Wir haben keine Verteidigungsanlagen.

Wir sitzen hier im Freien wie auf einem Präsentierteller. Ich muß ihre Pläne herausbekommen, Slith. Ich muß erfahren, ob sie sich zu einer Großoffensive sammeln.«

»Und wenn es so wäre, Sir?«

»Dann müssen wir uns entscheiden. Entweder verlassen wir das Tal, oder wir bleiben und kämpfen.«

Slith ließ sich das durch den Kopf gehen. »Wenn wir das Tal verlassen, wo sollen wir hingehen, Sir? Wir müssen damit rechnen, daß die Schwarzen Ritter jede größere Straße kontrollieren. Sie werden uns ganz sicher finden. Ich würde sagen, wir bleiben und kämpfen.«

»Einverstanden. Das ist auch meine Meinung. Und wir werden den Zwergen einen erbitterten Kampf liefern, wenn sie darauf bestehen, aber ich hoffe, das werden sie nicht. Deshalb müssen wir unbedingt ihre Pläne kennenlernen.«

»Ja, Sir. Und was tun wir dann?«

Kang machte eine Pause, dann sagte er: »Wir kämpfen, wenn sie uns dazu zwingen. Wenn nicht, wenn sie bereit sind, so zu leben wie bisher, bin ich es ebenfalls. Ich werde mit ihrem Lehnsherrn verhandeln. Dieses Tal ist groß genug für uns alle. Und wir werden noch früh genug verschwunden sein. Sie müssen nur warten, bis wir wegsterben.«

Slith schüttelte wenig überzeugt den Kopf. Aber Einwände standen ihm nicht zu. »Wie lauten Eure Befehle, Sir?«

»Ich wünsche, daß Ihr drei andere Sivaks nehmt und auf Kundschaft geht. Ihr wißt, wie Ihr ins Dorf schleichen könnt, ohne gesehen zu werden.«

»Ja, Sir!« Slith, der Gestaltwandler, grinste wieder. Das war ganz nach seinem Geschmack. »Das bedeutet allerdings Töten.«

»Ja, und es wird den Zwergen zeigen, daß wir nicht vorhaben, uns umzudrehen und zu Salzsäulen zu erstarren. Aber wir töten nur Soldaten. Keine Zivilisten, insbesondere keine Frauen und Kinder. Die Zwerge, die wir beim Abfackeln unseres Dorfes erwischt haben, waren ausnahmslos Soldaten. Anders als bei den früheren Raubzügen, wenn Ihr Euch erinnert. Damals kam jeder Zwerg, der laufen konnte, um an dem Spaß teilzuhaben. Daher glaube ich, diese Brandschatzung war eine rein militärische Aktion, wahrscheinlich eine Idee ihres Kriegshäuptlings. Also ist ihre Miliz unser Ziel. Außerdem müßt Ihr und die anderen Sivaks sowieso die Gestalt von Zwergensoldaten annehmen. Dann könnt Ihr Euch unter sie mischen und ihre Pläne belauschen.«

Slith war ganz Ohr. »Wann brechen wir auf?«

»Heute nacht.«

Slith salutierte. »Ja, Sir.«

»Oh, und noch etwas«, fügte Kang hinzu. »Ich begleite Euch.«

Slith erstarrte. »Wenn Ihr mir nicht vertraut, Sir –«

Kang verlor die Beherrschung. »Verflucht noch mal, Slith, Ihr kennt mich jetzt seit dreißig Jahren! Ihr habt mir so oft den Arsch gerettet, daß ich es nicht mehr zählen kann. Natürlich vertraue ich Euch. Aber glaubt Ihr nicht, ein magiekundiger Bozak könnte sich als nützlich erweisen?«

Slith entspannte sich. »Ja, Sir. Ihr habt wie üblich recht, Sir.«

»Ich werde jetzt meditieren und mit unserer Königin Kontakt aufnehmen. Sagt mir Bescheid, wenn Ihr zum Aufbruch bereit seid.«

Slith nickte, stand auf, salutierte und schloß die Zeltklappe, als er hinausging.

☆☆☆

Lange nach Anbruch der Dunkelheit kratzte der Baazposten, der vor Kangs Zelt Wache hatte, an der Zeltstange. »Sir, Ihr habt darum gebeten, Euch zu wecken, sobald Unterkommandant Slith soweit ist.«

Kang war in einen tranceartigen Schlaf verfallen, um seine

Magie vorzubereiten. Beim Aufwachen fühlte er sich erfrischt und hatte eine ganze Liste von Zaubersprüchen im Kopf. Die Königin schien seinen Plan gutzuheißen. Er legte den Lederharnisch an, schnallte ein Kurzschwert um und steckte ein Messer in den Gürtel.

Slith und die drei anderen Sivaks warteten am Lagerfeuer auf ihren Kommandanten. Slith teilte rote Stoffstreifen an die anderen Sivaks aus. »Wenn Ihr Eure Gestalt wechselt, bindet Ihr diese Streifen um den Arm. Ich will nicht, daß wir uns aus Versehen gegenseitig umbringen.«

Slith sah Kang zweifelnd an. »Sir, was machen wir mit Euch. Ihr seid kein Gestaltwandler, und, mit Verlaub, Ihr werdet niemals als Zwerg durchgehen.«

»Ich habe einen Zauber, der helfen wird. Ich komme hauptsächlich mit, um sicherzugehen, daß wir nicht in größere Schwierigkeiten geraten, als wir handhaben können.«

»Sir, ich habe nachgedacht. Wir könnten die Erste Kompanie –«

Kang schüttelte den Kopf. »Nein. Beim ersten Anblick eines Zwerges schlagen die alles tot, was sich bewegt.«

»Ihr habt recht, Sir«, sagte Slith resigniert. »Also, los.«

Die fünf Drakonier verließen das Lager im Dunkeln. Beide Monde nahmen ab, doch Kang spürte, daß der dritte Mond, der schwarze Mond, zunahm – ein gutes Omen für die Drakonier. Das Gelände, durch das sie eilten, war ihnen vertraut. Sie bewegten sich schnell und lautlos. Als sie den Wald vor dem Zwergendorf erreichten, ließ Kang anhalten.

»Ich werde mich unsichtbar machen. Der Spruch hält nicht lange an und verbirgt mich nicht vollständig. Jeder, der nach mir Ausschau hält, kann mich sehen. Ihr müßt mich also decken.«

Kang zeigte auf sechs schwerbewaffnete Zwerge, welche an der Hauptstraße nach Celebundin patrouillierten. »Seht, sie erwarten uns. Sobald wir drin sind, ist jeder auf sich selbst gestellt. Wir treffen uns im Lager wieder. Wer nicht zurückkehrt, wird für tot gehalten. Und los.«

Kang sagte magische Worte und malte ein geheimes Symbol in die Luft. Einer der Sivaks wollte dem Kommandanten eine Frage stellen. Er zwinkerte erstaunt und sah sich um.

Der Spruch funktionierte.

Slith erteilte die Befehle. »Ihr zwei schleicht euch auf die Westseite und versucht, von dort aus einzudringen. Denkt dran, wir töten nur Krieger. Es werden keine Zivilisten aufgeschlitzt. Und ihr seid hinter Informationen her, nicht hinter Zwergenköpfen.«

Die zwei Sivaks liefen leise in die Nacht hinaus. Slith und der verbliebene Sivak schlichen sich an das nächste Gebäude heran – einen kleinen Vorratsschuppen mit Strohdach. Kang war direkt hinter ihnen, obwohl das keiner von ihnen wußte. Slith schlich seitlich am Schuppen entlang.

Zwei Zwerge aus der Patrouille kamen an dem Schuppen vorbei. Slith vergewisserte sich, daß sie Uniformen trugen, dann winkte er seinen Gefährten zu sich. Dieser huschte an die Vorderseite des Schuppens. Slith kroch zur Ecke des Gebäudes und wartete, bis die Zwerge zurückkamen.

Kurz darauf war es soweit. Die Zwerge marschierten im Gleichschritt. Als einer der Zwerge an Slith vorbeikam, sprang der Drakonier vor, ergriff den Zwerg, riß seinen Kopf zurück und schlitzte ihm den Hals auf. Dann nutzte er seine Fähigkeit, die Gestalt des Feindes anzunehmen, den er gerade getötet hatte, und verwandelte sich. Es war ein Zwerg, der die Leiche des toten Zwergs in den Schatten zurückzog.

Der zweite Zwerg, der die Geräusche gehört hatte, drehte sich um und glaubte zu sehen, wie sein Kamerad von einem anderen Zwerg umgebracht wurde. Noch ehe er schreien konnte, sprang der zweite Sivak heraus und erdrosselte ihn. Jetzt sah man zwei tote Zwerge und zwei lebende Zwerge, die den Toten aufs Haar glichen.

»Werft die Leichen in den Vorratsschuppen.«

Kang stand seitlich daneben, bereit, einen Blitz herbeizurufen, falls ein Kamerad der Wachen auftauchte. Doch zeigte sich niemand.

»Seid Ihr das, Kommandant?« fragte Slith.

»Ich bin hier«, antwortete Kang.

»Also, alles erledigt.«

Slith, der Zwerg, und sein neuer Zwergengenosse gingen – jeder mit einem roten Tuch um den Hals – mitten auf der Straße los und suchten eine Taverne. Denn an welchem Ort sonst plauderten Soldaten so offen, daß man ihnen wichtige Informationen entlocken konnte. Die frischgebackenen Zwerge hatten sogar genug Stahl in den Taschen, um sich etwas zu trinken zu kaufen. Ein kleines Geschenk von den Toten.

Auf halbem Wege zum Zentrum des Dorfes stießen sie auf die Marktgildentaverne, ein gedrungenes, zweistöckiges Gebäude, wo Essen, Trinken und freie Zimmer angeboten wurden. Als Slith durchs Fenster blickte, sah er mehrere Zwerge in der gleichen Uniform, die er nun trug.

»Geh schon hinein. Finde so viel heraus, wie du kannst. Wir treffen uns in einer halben Stunde da draußen.«

Durch die Macht der Gewohnheit wollte der Zwerg nach Drakonierart salutieren. Slith schlug ihm auf den Arm. »Du bist seit jetzt ein Zwerg. Denk daran!«

Der getadelte Zwerg winkte also nur und betrat die Taverne.

Slith lief weiter die Straße entlang, denn er wollte den Mittelpunkt des Dorfes erkunden, wo die Versammlungshalle lag. Ihm war der Gedanke gekommen, daß er dort den Kriegshäuptling finden könnte. Wer würde besser über die militärischen Pläne der Zwerge Bescheid wissen als der Anführer der Miliz persönlich?

Während Slith die Straße hinunterschlenderte, bemerkte er eine Zwergin, die ihm entgegenkam. Sie würden aneinander vorbeigehen müssen. Er starrte zur anderen Straßenseite und gab sich alle Mühe, so zu wirken, als würde er nur einen kleinen Abendspaziergang machen. Auf keinen Fall durfte er sie zu nah an sich heranlassen. Er sah aus wie ein Zwerg, aber er roch noch immer wie ein Drakonier.

Die Frau starrte ihn an – wahrscheinlich eine von denen, die sich zu Zwergen in Uniform hingezogen fühlten. Slith wendete die Augen ab und hoffte, sie würde ihn nicht beachten.

Es klappte nicht. Sie kam direkt auf ihn zu.

»Versuch bloß nicht, mir auszuweichen, Harold Brickmann! Versuch bloß nicht, dich wegzustehlen! Du hast gesagt, du hättest heute nacht Wache! Darum konnten wir Mutter nicht besuchen! Wo warst du? Ich wette, in der Taverne. Hast mit deinen nichtsnutzigen Freunden getrunken. Ich kann den Schnaps doch riechen –« Die Frau näherte sich Slith und schnüffelte.

Sie roch keinen Schnaps.

Kapitel 3

»Brickmann, was hast du angestellt? Du stinkst ja wie ein Frosch ...«

Und sie riß die Augen auf. Entsetzt starrte sie Slith an. Damit ein Gestaltwandlerspruch wirkt, muß das Opfer bereit sein, die Täuschung zu glauben. Sobald dieser Glaube erschüttert ist, aus welchem Grund auch immer ...

Die Frau schrie.

Slith drehte sich um und rannte los. Er hetzte an der Taverne vorbei, aus der Zwerge, darunter der Sivak, herausströmten, um nachzusehen, was es mit dem Geschrei auf sich habe. Sie sahen Slith davonrennen. Die Zwergin war hysterisch und schrie und zeigte auf den Drakonier. Die anderen Zwerge, die annahmen, man hätte sie ausgeraubt, nahmen die Verfolgung auf. Slith rannte weiter. Nachdem er um eine Ecke gebogen war, hielt er auf den Nordrand des Dorfes zu.

Hinter ihm ertönte eine Stimme.

»Keine Sorge, Slith, ich halte Euch den Rücken frei«, sagte Kang.

Slith hatte seinen Kommandanten ganz vergessen. Er sah sich nicht um, sondern rannte einfach weiter.

»Sie holen auf«, sagte Kang.

»Verdammter Mist!« knurrte Slith. Er hatte Zwergenbeine, nicht seine eigenen starken Drakonierbeine, und sein Vorsprung wurde zunehmend kleiner. »Man möchte meinen, unsere Königin könnte etwas besser auf uns aufpassen!«

»Vielleicht tut sie das«, sagte Kang. »Vielleicht tut sie das.

Seht nur, da ist ein leeres Haus. Rein mit Euch. Wir verstecken uns, bis sie weg sind.«

Slith rannte auf das Haus zu, dicht gefolgt von Kang. Das Haus war nach Zwergenart gebaut, aus Stein mit hölzernen Türen und Fensterläden. In den Fenstern war kein Licht zu sehen. Das Gebäude war, wie Kang gesagt hatte, offensichtlich verlassen.

Slith packte den Türgriff. Als dieser nicht sofort nachgab, warf er sich mit der Schulter gegen die Tür, ohne daran zu denken, daß er eine Zwergenschulter hatte, keine breite, muskelbepackte Drakonierschulter. Die Tür gab nicht nach.

»Schneller, Slith!« drängte Kang.

Sie hörten das Geschrei näher kommen.

»Die verdammte Tür hat drei Schlösser!« sagte Slith, der sie näher untersuchte. »Macht Ihr das lieber, Sir.«

Slith konnte nichts sehen, aber er fühlte, wie sich etwas Großes an ihm vorbeidrängte. Die Tür sprang auf, als hätte ein enormer Fuß sie getroffen.

»Ihr geht hinein! Ich passe nicht durch die Tür. Ich bin hier draußen sicher genug.«

Slith rannte hinein und schlug die Tür hinter sich zu – deren drei Schlösser jetzt zerbrochen waren. Er drehte sich um und stellte fest, daß sie einen Fehler gemacht hatten.

Das Haus war nicht verlassen.

Vier Zwerge saßen um einen Tisch versammelt, auf dem eine Kerze brannte. Alle begutachteten sehr genau einen Gegenstand und stritten dabei.

Beim Anblick des Zwergs, der in ihr Haus stürmte, ergriff einer der Zwerge den Gegenstand auf dem Tisch und schien ihn verstecken zu wollen. Die anderen drei gaben sich größte Mühe, unschuldig dreinzusehen.

»Oh, ähm, hallo, Brickmann«, sagte der eine Zwerg, ein magerer Kerl mit pilzartigem Bartwuchs. »Bist du mal ohne dein Frauchen unterwegs, hm? Nett von dir, bei uns vorbeizuschauen. Aber das nächste Mal klopfst du bitte, klar? Du hast meine Tür ruiniert.«

Verdammt will ich sein, dachte Slith. Ich kenne diesen Zwerg!

Kang, der vor dem Haus stand, hörte die Stimmen drinnen und fluchte. »Verdammt noch mal!« Dieses leere Haus war ihm wie die Antwort auf seine Gebete erschienen. Jetzt sah es wirklich so aus, als hätte ihre Königin sie im Stich gelassen. Er mußte unbedingt ein neues, heiliges Symbol finden.

Wenn Slith sie nur noch einen Augenblick hinhalten konnte …

Ihre Verfolger kamen die Straße heruntergerannt. Kang duckte sich unter ein Fenster mit dicken Vorhängen, denn er hoffte, etwas von dem zu erfahren, was im Haus vor sich ging, ohne dazu aus dem Schatten treten zu müssen. Sein Unsichtbarkeitszauber würde bald ablaufen.

Der Suchtrupp kam zum Stehen.

»Wo ist er hin?«

»Keine Ahnung.«

Die Zwerge standen auf der Straße und sahen sich um. »Das ist Selquists Haus. Vielleicht hat der etwas gesehen. Wir könnten ihn fragen.«

»Nee, der ist nicht zu Hause. Sieh doch, kein Licht. Was hat der Kerl, den wir verfolgen, eigentlich angestellt?«

»Was weiß ich. Frau Brickmann hat geschrien wie eine Irre. Bestimmt hat er sie bestohlen. Hast du den Kerl richtig gesehen?«

»Nein, du?«

»Ich auch nicht.«

»Er muß das Dorf verlassen haben. Wollt ihr ihn weiter verfolgen?« Der Zwerg hörte sich wenig begeistert an.

»Wie? Du hast doch den Kriegshäuptling gehört. Er hat gesagt, da draußen lungern bestimmt diese verdammten Drakos herum und warten nur darauf, uns einen nach dem anderen abzumurksen. Mich nicht. Ich gehe keinen Schritt weiter. Kehren wir in die Taverne zurück. Das viele Rennen hat mich durstig gemacht.«

Nach kurzer Beratung kehrten die Zwerge um und gingen in den Ort zurück.

Was gut war. Kang merkte, wie sein Unsichtbarkeitszauber nachließ. Er würde ihn nur noch wenige Minuten aufrechterhalten können. Wenigstens war er nah am Ortsrand. Er konnte in die Nacht fliehen. Er würde jedoch nicht ohne Slith verschwinden und fragte sich, was so lange dauerte. Er hatte keine Schreie gehört, deshalb nahm er an, daß Sliths Tarnung nicht aufgeflogen war.

Aber was machte er dann da drin? Tee trinken?

»Verdammt noch mal, Slith!« murmelte Kang. »Komm schon.«

☆☆☆

Slith war neugierig. Er erkannte die Zwerge im Haus – es waren die vier, denen er zwei Tage lang gefolgt war, die vier, die davon gesprochen hatten, heimlich in Thorbardin einzudringen. Sie hatten offenbar etwas Wertvolles gefunden, wenn sie daraus so ein Geheimnis machten.

Und was für einen Zwerg wertvoll war, konnte für einen Drakonier ebenso wertvoll sein.

»Nun, Brickmann«, sagte der magere Zwerg. »Willst du die ganze Nacht da rumstehen, bis dir die Augen aus dem Kopf fallen? Wenn es um diese kleine Sache mit dem fehlenden Zinntopf geht, da habe ich dir schon erklärt –«

»Wir waren wirklich noch nie in Thorbardin!« meldete sich einer der Zwerge mit zitternder Stimme zu Wort. »Autsch!« sagte er kurz darauf und rieb sich den Arm. »Wieso hast du mich gekniffen, Selquist?«

Slith holte Luft und blies die Kerze aus.

Zwerge können in der Dunkelheit ebensogut sehen wie

Drakonier, aber diese Zwerge hatten ins Kerzenlicht gestarrt, und ihre Augen brauchten einen Moment, bis sie sich angepaßt hatten. Slith nutzte diesen Moment. Er nahm wieder Drakoniergestalt an und sprang auf den Tisch. Den einen Zwerg, der ihm im Weg war, stieß er zurück und stürzte sich auf den mageren Zwerg.

Der magere Zwerg konnte jetzt wieder sehen, und was er sah, entsetzte ihn. Gelähmt vor Angst stand er da und drückte etwas an seine Brust.

Slith streckte seine Klauenhände aus und griff nach dem, was der Zwerg hielt, was es auch war.

Dieser Versuch, seinen Schatz zu stehlen, brachte den Zwerg zu sich. Er klammerte sich mit derselben Zähigkeit an das Ding, wie die Hunde der Ritter von Solamnia sich an die Spuren von Goblins hängen. Slith hob nicht nur das Ding hoch, sondern den Zwerg mit ihm.

»Laß los! Verdammt sei deine haarige Haut!« fauchte Slith, der den Zwerg abzuschütteln suchte.

»Das ist m-m-meins!« sagte der Zwerg zähneklappernd.

Slith machte einen gewaltigen Ruck, der den Zwerg durch die Luft fliegen ließ. Dem Scheppern nach landete dieser in einem Schrank mit Geschirr.

Mit dem Ding unterm Arm rannte Slith zur Eingangstür. Leider vergaß er in der Eile und Aufregung, daß er sich in einem Zwergenhaus befand, welches er als Zwerg betreten hatte und nun als sieben Fuß großer Drakonier verlassen wollte.

Slith knallte mit dem Kopf gegen den Türrahmen.

☆☆☆

Kang, der draußen stand, hörte die Schreie, das Handgemenge und das Klirren des Geschirrs. Er mußte davon ausgehen, daß Slith enttarnt war.

Wozu noch verstecken? Der Kommandant steckte seinen

Kopf gerade rechtzeitig zum offenen Fenster hinein, um zu sehen, wie sein Stellvertreter mit dem Kopf gegen die Tür rannte und sich selbst bewußtlos schlug.

»Oh, bei der Liebe –«

Kang eilte zur Vordertür. Sein Spruch war inzwischen abgelaufen, aber mit der Heimlichtuerei war es ohnehin vorbei. Einer der Zwerge im Haus kreischte wie ein gnomengetriebener Endzeitapparat. Jeder Zwerg im Umkreis von Meilen würde sich auf sie stürzen.

Slith lag auf dem Rücken. Seine Füße staken durch die Tür. Er hielt etwas in den Armen, das wie ein Buch aussah.

Zwei der Zwerge rannten mit großen Keulen in den Händen auf ihn zu.

»Rettet das Buch!« schrie ein anderer Zwerg aus den Tiefen eines zerschmetterten Geschirrschranks.

»Slith! Aufwachen!« brüllte Kang.

Er ergriff Sliths Füße und zog den Sivak mit einem Ruck durch die Tür, als die beiden Zwerge mit den Keulen gerade das Werk an dessen Schädel beenden wollten, das der Türrahmen begonnen hatte.

»Slith! Na los! Aufwachen!« Kang verpaßte seinem Stellvertreter ein paar Ohrfeigen.

Benommen schüttelte Slith den Kopf. »Was hat mich getroffen?«

Kang nahm das Buch, steckte es achtlos unter den Arm und half dem Sivak beim Aufstehen. Er nahm sich noch die Zeit, die Zähne zu fletschen und die drei Zwerge anzuknurren, die aus dem Haus gerannt kamen.

Beim Anblick der beiden Drakonier, von denen einer ausgesprochen groß und kräftig war, kamen die Zwerge schlitternd zum Stehen – mit dem Erfolg, daß sie alle im Eingang feststeckten.

»Laßt mich raus! Laßt mich durch!« schrie eine Stimme hinter ihnen. »Er hat das Buch!«

Slith kam taumelnd auf die Beine. »Ooh!« Er legte seine Hand auf die Stirn.

»Tut mir leid, alter Freund, aber wir müssen weg«, sagte Kang. »Wir kriegen Gesellschaft.«

»Ja, Sir«, sagte Slith und biß die Zähne zusammen.

Die beiden liefen die Straße hinunter. Von hier aus konnten sie den Wald sehen, wo sie sich zwischen den Bäumen verbergen konnten. Kang mußte sich auf seine Schritte konzentrieren, gleichzeitig sorgte er sich um Slith, denn der schwankte wie ein betrunkener Goblin. Deshalb überhörte Kang auch die Schritte hinter sich. Ein brennender Schmerz zuckte durch seinen Oberschenkel, ein so scharfer, plötzlicher, unerwarteter Schmerz, daß Kang aufheulte und das Buch fallen ließ. Als er sich ergrimmt umdrehte, sah er sich einem Zwerg mit einem blutigen Messer in der Hand gegenüber.

Der Zwerg ignorierte Kang und warf sich auf das Buch.

»Rettet es, Sir!« rief Slith. »Verliert es nicht!«

Kang hatte keine Ahnung, was an diesem Buch so wertvoll war, aber wenn sowohl Slith als auch der Zwerg es haben wollten, mußte es etwas von Bedeutung sein. Er erwischte das Buch im gleichen Augenblick wie der Zwerg.

Kurz zerrten beide daran. Der magere, kleine Zwerg war stärker, als er aussah. Ein seltsames, bösartiges Licht funkelte in seinen verzweifelten, dunklen Augen.

Kang versuchte, besseren Halt zu finden, indem er seine Klauen in den Ledereinband grub. Er zog, der Zwerg zog. Der Einband zerriß, und beide setzten sich auf den Hosenboden. Das Zerren endete damit, daß der Zwerg das Buch umklammerte, während Kang den zerrissenen Deckel umklammerte.

Der magere Zwerg sprang auf und rannte wie von einem Katapult geschossen davon, das Buch triumphierend unter den Arm geklemmt.

»Macht nichts, Sir«, sagte Slith seufzend. »Ihr habt es versucht.«

Fackeln erhellten die Nacht. Glocken hatten zu läuten begonnen. Das gesamte Dorf war auf den Beinen. Kang fragte sich, ob die anderen beiden Sivaks entkommen waren und ob sie mit ihrer Mission mehr Erfolg gehabt hatten.

»Laßt uns bloß hier verschwinden«, sagte Kang.

Er hinkte. Slith war wackelig auf den Beinen und preßte immer noch die Hand vor die schmerzende Stirn. Das Manöver war nicht ganz nach Plan verlaufen.

Die zwei Drakonier erreichten sicher den Schutz der Bäume, wo sie sich die Zeit für eine Pause nahmen, in der sie ihre Wunden untersuchen konnten. Die Zwerge hatten sie nur bis zur Dorfgrenze verfolgt. Sie wagten sich nicht weiter. Nach allem, was sie wußten, konnte der Wald vor Drakoniern wimmeln.

Slith hatte eine Beule von der Größe eines Ziegenmelkereies am Kopf. Der Messerstich in Kangs Bein war tief und schmerzhaft, denn er hatte den Muskel erwischt. Die Wunde blutete heftig. Er trug kein Hemd, brauchte aber dringend einen Verband. Slith bot ihm das rote Tuch an, das er getragen hatte, aber es war nicht zu finden. Wahrscheinlich hatte er es bei seiner Verwandlung vom Zwerg zum Drakonier verloren.

»Was habt Ihr da in der Hand, Sir?« fragte Slith.

»Ich weiß nicht. Wohl einen Teil von diesem verfluchten Buch.« Kang sah genauer hin. An einer seiner Klauen baumelte ein größeres Stück zerrissenes Leder.

»Das ist besser als nichts. Hier, laßt mich Euch helfen, Sir«, bot Slith an.

Kang, der vom Blutverlust schwach und taumelig war, reichte ihm das Leder.

Slith wollte den Einband schon um die Wunde schlagen, als er ein viereckiges Stück weißes Pergament bemerkte, das an dem Leder klebte.

»Was ist denn das?« fragte er.

»Spielt das eine Rolle?« schimpfte Kang, der ein Stöhnen unterdrückte. »Ich verblute!«

Slith löste vorsichtig das Pergament vom Leder und steckte es in seinen Gürtel.

»Wenn es im Einband versteckt war, muß es wertvoll sein«, erklärte er Kang, der ihn nur anknurrte.

Dann nahm er das Leder, drückte es auf Kangs Wunde und band es mit einem Riemen fest, den er von seiner Rüstung abriß.

Die beiden brachen zu dem auf, was von ihrem Zuhause geblieben war.

Es sollte ein langer Weg werden.

Kapitel 4

Voller blauer Flecken, aber ansonsten unverletzt, kehrte Selquist nach Hause zurück. Das kostbare Buch hielt er fest in den Armen. Als er um eine Ecke bog, sah er die halbe Bevölkerung von Celebundin auf sich zukommen.

»Verflixt und zugenäht!« murmelte Selquist. Erst Drakonier, nun seine Nachbarn. Jetzt brauchte er nur noch einen Haufen Kender, der vom Himmel auf ihn herabstürzte, und die Nacht wäre perfekt.

Selquist stopfte das Buch in sein Hemd. Angeführt wurde die Meute vom Kriegshäuptling und vom Lehnsherrn, welcher mit einem Nudelholz bewaffnet war.

Als Hammerkopf Selquist sah, ließ er die Leute anhalten. Schützend breitete er seine Arme vor dem Lehnsherrn aus. »Gib acht, Durchlaucht. Ich nehme das in die Hände. Es könnte einer von ihnen sein! Sofort stehenbleiben!« bellte er Selquist an.

Selquist stieß einen entnervten Seufzer aus und gehorchte dem Befehl.

»Wer da?« Hammerkopf stieß Selquist eine Fackel vors Gesicht.

»Ich bin's, Hammelkopf. Selquist«, sagte dieser verärgert. »Paß auf deine Fackel auf! Du steckst mir noch den Bart in Brand!«

»Wie kann ich sicher sein, daß du es wirklich bist?« Hammerkopf starrte den Zwerg durchdringend an.

»Spieß ihn auf«, sagte Vellmer, der Braumeister und einer

von Hammerkopfs Leutnants. »Wenn er stirbt, ist er Selquist. Wenn er sich in einen Drakonier verwandelt, wissen wir, daß er es nicht war.«

»Vielleicht sollte dich mal jemand aufspießen, Vellmer«, erwiderte Selquist und warf dem Braumeister einen bösen Blick zu. »Mir fällt auf, daß deine Haut ein wenig grünlich ist. Dir wachsen nicht zufällig auch Schuppen, hm?«

Vellmers Nachbarn starrten ihn erschrocken an und rückten rasch von ihm ab.

»Und überhaupt, Hammerkopf, woher soll ich wissen, daß du wirklich du bist?« wollte Selquist wissen. Er schnupperte. »Du riechst ein wenig nach Fisch.«

»Das stimmt wirklich«, sagte der Lehnsherr gedämpft.

Die anderen Zwerge begannen, vor dem Kriegshäuptling zurückzuweichen.

Hammerkopf ging auf seine Männer los: »Es gab gepökelten Fisch zum Abendessen! Jetzt hört auf damit, allesamt! Genau das wollen diese verdammten Echsenmenschen doch nur. Wenn wir einander nicht mehr vertrauen, können wir unser Dorf auch gleich niederbrennen, wie wir ihres niedergebrannt haben! Wo wir schon bei Drakoniern sind«, er wandte sich wieder an Selquist, »ich habe mit deinen nichtsnutzigen Freunden gesprochen. Sie haben gesagt, die Drakonier seien in dein Haus eingebrochen. Wo sind sie hin? Hast du sie gesehen?«

Selquist zuckte mit den Achseln und schaute bescheiden drein. »Ich habe sie die Straße hinuntergejagt. Sie sind entkommen, aber vorher konnte ich einen noch mit dem Messer erwischen.« Er zeigte seinen blutigen Dolch. »Der Echsenmensch wird es sich zweimal überlegen, bevor er sich noch einmal in Celebundin blicken läßt.«

Der Lehnsherr sah Selquist anerkennend an. »So etwas Tapferes habe ich noch nie gehört. Was meinst du, Kriegshäuptling?«

Hammerkopf schnaubte und funkelte Selquist mißtrauisch an. »Seit wann spielst du den Helden?«

»Seit mein Volk in Gefahr ist«, sagte Selquist und warf sich in die Brust.

Der Lehnsherr und alle anderen Zwerge applaudierten. Dem Kriegshäuptling tropfte Schaum vom Mund.

»Ich gehe jetzt nach Hause«, ergänzte Selquist. »Ich bin schrecklich müde. Gegen Drakonier zu kämpfen ist eine anstrengende Sache, besonders wenn ich es ganz alleine tun muß! Interessant, daß du erst aufgetaucht bist, nachdem die Gefahr vorüber war, Hammerkopf!«

Nachdem er diesen verbalen Pfeil noch auf die Brust des Kriegshäuptlings abgeschossen hatte, verbeugte Selquist sich respektvoll vor dem Lehnsherrn. Dieser klopfte ihm auf die Schulter und meinte, er sei ein feiner Kerl. Dann lief die Menge auseinander, um nach weiteren Drakoniern zu suchen, besonders solchen, die sich in den Tavernen versteckt hielten.

Selquist trabte die Straße hinunter. Er war verstimmt, müde und schlecht gelaunt, eine Kombination, die ihn seinen angeborenen Sinn für Vorsicht vergessen ließ. Er sah nicht wie gewöhnlich hinter sich, um zu prüfen, ob ihm jemand folgte. Sein einziger Gedanke war, nach Hause zu gelangen und zu prüfen, wie schlimm sein kostbares Buch beschädigt worden war.

Sein Haus war hell erleuchtet, denn die anderen drei Zwerge waren nun davon überzeugt, daß jeden Augenblick Drakonier aus der Dunkelheit hereinspringen könnten. Selquist nahm sich beim Eintreten die Zeit, die zerbrochenen Schlösser zu begutachten. Mit traurigem Kopfschütteln betrat er sein Haus und schloß hinter sich die Tür.

»Selquist!« sagte Pestel und sah ihn mit großen Augen an. »Du bist wieder da!«

»Selquist!« Auger rannte herbei und schloß seinen Freund fest in die Arme. »Ich hätte nicht gedacht, dich lebend wiederzusehen!«

»Das war unglaublich mutig«, meinte Mortar, der Selquist ehrfurchtsvoll anstarrte. »Noch nie habe ich jemand gesehen, der so mutig ist – wie du diesen Drakoniern nachgerannt bist, obwohl du nur dein Messer zur Verteidigung hattest.«

»Hast du sie getötet?« fragte Auger begierig.

»Hast du das Buch?« wollte Pestel wissen.

»Hast du etwas im Garten gehört?« fragte Mortar, der sich ängstlich zum Fenster drehte.

»Nein und ja und nein«, antwortete Selquist. »Das ist bloß die Katze. Um Reorx' willen, Mortar, jetzt fang du nicht auch noch an, dir Dinge einzubilden.« Grummelnd griff er in sein Hemd, zog das Buch heraus und legte es auf den Tisch.

Er zuckte zusammen, wurde blaß, schnappte erschrocken nach Luft und klammerte sich an der Tischkante fest, um nicht umzufallen.

»Bist du sicher, daß das unser Buch ist?« fragte Auger. »Es sieht ganz anders aus.«

»Das ist nur, weil der Einband fehlt«, sagte Pestel, schlug das Buch auf und blätterte es durch. »Was ist los, Selquist? Der Einband ist weg, mehr nicht. Wir können trotzdem den Schatz holen. Der Rest des Buches ist nicht beschädigt –«

»Die Karte!« sagte Selquist, jedenfalls wollte er das sagen. Die Worte kamen als unartikuliertes Gurgeln heraus.

»Was?« fragte Auger Pestel.

»Ich bin sicher, daß ich im Garten etwas gehört habe«, sagte Mortar. Er wollte aufstehen, zum Fenster gehen und hinausschauen, als Selquist einen gequälten Schrei ausstieß, der Mortar wie angewurzelt stehenbleiben ließ. Aufs Schlimmste gefaßt, fuhr Mortar herum, denn er erwartete zumindest eine Drakonierarmee zu sehen, die in den Raum platzte.

»Wo? Was?« japste er.

Aber Selquist wurde gar nicht angegriffen. Er hielt das Buch in der Hand und untersuchte es fieberhaft, drehte es, wendete es, schüttelte es.

»Nichts!«

Mit herzzerreißendem Stöhnen sank er auf seinen Stuhl und vergrub seinen Kopf in den Armen.

»Ei, ei«, meinte Auger, der endlich begriff. »Die Karte ist weg.«

»Das ist alles?« schniefte Mortar. »Ich dachte, du würdest mindestens gerade erwürgt. Was die Karte angeht, an die erinnere ich mich genau. Ich kann dir, schwuppdiwupp, eine neue zeichnen.« Er schnipste mit den Fingern.

Selquist hob sein tränenüberströmtes Gesicht. »Das kannst du?« flüsterte er. Er wagte es kaum zu hoffen.

»Und die Teile, die ich nicht mehr weiß, kann bestimmt Pestel einfügen«, fügte Mortar hinzu.

»Na klar«, versicherte Pestel. »Ich bin ganz gut, was Karten angeht.«

»Ihr erinnert euch, wo der Schatz liegt und ... und die Drakoniereier und alles?« fragte Selquist fieberhaft. »Wie man dorthin kommt? Die ganzen Warnungen vor den gefährlichen Stellen?«

»Da ist wieder dieses Geräusch!« beharrte Mortar. »Ich sage dir, Selquist, da draußen in deinem Garten ist etwas!«

»Oh, soll Reorx den verfluchten Garten holen!« schimpfte Selquist. Er sprang auf die Beine, stürmte zu Mortar hin, packte ihn am Kragen und schüttelte ihn. »Sag, daß du mir meine Karte zeichnen kannst!«

»Na, sicher kann ich das«, antwortete Mortar würdevoll. Er löste Selquists Hände von seinem Hemd. »Gib mir etwas zum Schreiben.«

Selquist fand eine leere Seite – nur ganz wenig angesengt, verkohlt und blutverschmiert – in dem Daewarbuch und schob sie Mortar hin. Auger lief los und holte Holzkohle. Pestel brachte Nußbier, um dem künstlerischen Tun auf die Sprünge zu helfen.

Mortar nahm die Holzkohle und begann zu zeichnen. Die

anderen drei Zwerge beugten sich vor und sahen ihm über die Schulter.

»Nein!« sagte Selquist, der einen schmierigen Finger auf Mortars Werk legte. »Das Stück da ist falsch. Diese Gabelung geht nach links.«

»Geht sie nicht«, entgegnete Mortar gereizt.

»Geht sie doch. Auger, was meinst du?«

»Ich dachte, das wäre die Stelle, wo drei Wege abgingen –«

»Nein, das ist da, wo die Wand gebaut wurde«, hielt Pestel entgegen.

Das Streiten und Kartenzeichnen ging weiter.

Mortar hörte keine Geräusche mehr aus dem Garten.

☆☆☆

Hammerkopf mochte Selquist nicht. Er traute Selquist nicht. Hammerkopf mochte auch Selquists Freunde nicht und traute ihnen ebensowenig. Hammerkopf wußte sehr wohl, daß Selquist gelegentlich für eine Zeitlang verschwand, was an sich schon höchst verdächtig war. Im Gegensatz zu Kendern, die mit der Krankheit, die als Wanderlust bekannt ist, gestraft waren und die üblicherweise nur so lange an einem Ort blieben, bis sie ihre Haft verbüßt hatten, waren Zwerge ungern unterwegs. Zwerge waren seßhaft. Die meisten starben in demselben Dorf, in dem sie geboren waren und gelebt hatten, wahrscheinlich in demselben Haus oder ganz in der Nähe.

Hammerkopf selbst war weiter herumgekommen als die meisten Zwerge, da es ihn während des Kriegs der Lanze einmal zufällig nach Pax Tharkas verschlagen hatte. Er hatte nicht vorgehabt, dorthin zu gehen, aber während einer Schlacht gegen die Soldaten von Drachenfürst Verminaard, bei der Verteidigung von Celebundin, war ein roter Drache aus dem Himmel herunter gestoßen, hatte Hammerkopf mit den Klauen gepackt und ihn in die Stadt geflogen, wo er vom Drachenfürsten verhört worden war.

Das meiste, was Hammerkopf von der Stadt gesehen hatte, waren deren Verliese, die nach Aussagen von Kendern ganz hübsch, damals aber nicht in bestem Zustand waren, nämlich schmutzig, stinkend und überfüllt. Hammerkopf hatte gerade jede Hoffnung auf Flucht aufgegeben, als eine Gruppe mutiger Abenteurer eintraf und Verminaards vielversprechender Karriere als grausamer Herrscher kurzerhand ein Ende setzte. Pax Tharkas wurde aus der Hand der Drachenarmee befreit und Hammerkopf aus dem Gefängnis entlassen.

Er war durch die Zellentür getreten und so lange ohne Pause gelaufen, bis er sein friedliches Tal erreicht hatte, das er nie wieder zu verlassen gedachte. Diese traurige Erfahrung hatte ihn um so mehr davon überzeugt, daß Reisende in dieser Welt nur Schurken und Unruhestifter sein konnten.

Hammerkopfs Spione berichteten, daß Selquist reiste. Er wanderte nicht nur umher, sondern war ganze Tage und Nächte fort. Und nicht nur das, er nahm auch noch andere Zwerge mit. Darüber hinaus stiftete Selquist seine Freunde dazu an, selbst auf Wanderschaft zu gehen. Hammerkopf wußte zuverlässig, daß Pestel und Mortar fast eine Woche fort gewesen und gerade erst zurück waren.

Aber jetzt hatte Hammerkopf sich alles zusammengereimt. Er wußte, wo Selquist gewesen war und was er im Schilde führte. Seine Freunde genauso.

Selquist war mit den Drakoniern im Bunde!

Hammerkopf haßte Drakonier, haßte sie mit einer Inbrunst, zu der nur Zwerge fähig sind, einem Haß, der Jahrhunderte überdauern kann. Beleidigungen werden von Zwergen niemals vergessen und nur selten verziehen. Zwistigkeiten werden wahre Ewigkeiten weitergereicht, vom Vater zum Sohn, von der Mutter zur Tochter. Blutfehden gehören zum Geburtsrecht eines jeden Zwergs. Während des Kriegs der Lanze war ein Bruder von Hammerkopf von Drakoniern getötet worden. Und obwohl nicht gerade genau diese Drakonier dafür verantwortlich waren, gab Hammerkopf der ganzen Rasse die Schuld.

Es gab nur eine andere Rasse, die Hammerkopf mehr haßte als die Drakonier – abgesehen von Kendern, die nicht zählten, weil jede klar denkende Person auf Krynn Kender haßte –, und das waren die Zwerge in Thorbardin. Die Hylaren hatten Hammerkopf persönlich nie etwas getan. Er haßte sie einfach aus Prinzip.

Als die Drakonier in das Tal gekommen waren, hatte Hammerkopf wütend auf zahlreichen Überfällen bestanden, um sie möglichst zu vernichten. Die Überfälle hatten zu nichts geführt. Hin und wieder war ein Drakonier dabei getötet worden, doch für jeden toten Drako hatten sie fünf Zwerge verloren.

Dann hatten die Drakonier – aus unbekannten, aber zweifellos hinterhältigen Gründen – aufgehört zu kämpfen. Sie hatten keine Zwerge mehr umgebracht, sondern ihnen statt dessen nur noch eins über den Schädel gegeben. Der Lehnsherr – mit der echten Kurzsichtigkeit, wie man sie nur bei einem teigknetenden, mehlsiebenden Bäcker findet – war von dieser Wendung im Geschehen ziemlich angetan gewesen und hatte es rundheraus abgelehnt, über Hammerkopfs Plan nachzudenken, diese von Reorx gesandte Gelegenheit zu nutzen und die Drakonier ein für allemal auszumerzen.

Es war Hammerkopfs Idee gewesen – und nur seine –, das Drakonierdorf abzubrennen. Diesmal war er vorgeprescht und hatte auf eigene Faust gehandelt, bevor er den Lehnsherrn davon unterrichtete. Der hätte doch nur wieder einen lächerlichen Plan ausgeheckt – die Armen des Dorfes in den gemütlichen Häusern der Drakonier unterzubringen oder so.

Und wo wären diese Zwerge jetzt? Hm?

Die Drakonier würden zurückkehren, das hatte Hammerkopf die ganze Zeit gewußt. Er hatte nur nicht damit gerechnet, daß sie so bald kommen würden. Der Kriegshäuptling hatte seine Haut nur deshalb retten können, weil er gerade ein ganz privates Geschäft in den Büschen verrichtet hatte, als die Drakonier brüllend den Hügel herunterstürmten. Hals über Kopf war Hammerkopf ins Dorf zurückgerannt. Unterwegs hatte er Pestel und Mortar aus den Bergen kommen sehen, aus derselben Richtung wie die Drakonier.

Und heute nacht, was hatte Hammerkopf da entdeckt? Selquist ließ Drakonier in sein eigenes Haus! Ja, natürlich, auf Befragung hatten seine diebischen Freunde behauptet, die Drakonier wären hereingeplatzt, und Selquist hätte sie heldenhaft vertrieben. Nicht nur das, er sei ihnen tatsächlich nachgerannt und hätte angeblich sogar einen verletzt.

Eine Geschichte, die sich ganz nach Selquist anhörte …

Diesmal war Selquist zu weit gegangen. Diesmal hatte Hammerkopf genug Beweise, um Selquist den Prozeß zu machen und ihn ausstoßen zu lassen. Nicht einmal Selquists Mutter würde für ihren Sohn stimmen, wenn sie erfuhr, daß er mit den Drakoniern im Bunde war.

»Jetzt hab' ich dich, du mickriger Daergar«, zischte Hammerkopf.

Kapitel 5

In Selquists Haus malten die Zwerge noch immer an der Karte herum.

Es gab Stellen, bei denen sich alle einig waren, dann gab es Stellen, bei denen alle verschiedener Ansicht waren, und es gab Stellen, wo sie geteilter Meinung waren, aber insgesamt, erklärte Selquist schließlich etwas resigniert, war es besser als gar nichts.

»Ich finde sie richtig schön«, meinte Pestel, der das künstlerische Talent seines Bruders bewunderte. »Sieh nur, wie er die kleinen Eier gemalt hat, genau wie im Original, und die kleinen Drakonierweibchen mit den kleinen Stummelflügeln –«

»Pst!« flüsterte Selquist. »Habt ihr das gehört?«

»Das kam aus dem Garten«, sagte Pestel.

»Hab' ich doch die ganze Zeit gesagt«, fluchte Mortar.

Das Rascheln und Stampfen wurde lauter. Dann ließ sich ein Jaulen, ein Spucken und Zischen und das Fluchen einer tiefen Stimme vernehmen.

»Hilfe! Drakonier!« brüllte Auger. »Hilfe!«

»Oh, sei doch still, du Vollidiot!« Hammerkopf schob seinen Kopf durch die Vorhänge. »Ich bin es.«

»Hilfe! Hammerkopf!« schrie Selquist, der augenblicklich die Karte vom Tisch riß und in seine Hose stopfte. »Hilfe!«

Hammerkopfs Gesicht wurde puterrot. Er drohte Selquist mit der Faust.

Selquist stand auf und ging zum Fenster. »Entschuldige, Hammelkopf. Hier zieht's ganz furchtbar.« Er schlug das Fenster zu, wobei er die Finger des Kriegshäuptlings beinahe eingeklemmt hätte.

»Glaubst du, er hat gelauscht?« fragte Auger.

»Hat er«, sagte Selquist, der in tiefe Trübsal verfallen war.

Die Tür flog auf. Hammerkopf polterte herein.

»Siehst du?« stellte Selquist fest.

Hammerkopf stapfte zum Tisch und suchte ihn ab.

Abgesehen von ein paar Stückchen Holzkohle und vier leeren Krügen war der Tisch leer.

»Also gut.« Hammerkopf blickte sich um. »Wo ist sie?«

»Was? Die Suppe? Oh, wir haben schon vor Stunden gegessen. Aber danke, daß du fragst«, antwortete Selquist.

»Ich rede nicht vom Essen«, sagte Hammerkopf mit höhnischem Grinsen. »Ich rede von der Schatzkarte. Ich will wissen, a) was für ein Schatz es ist, b) wo er liegt, und c) was meint ihr mit Drakoniereier? Ansonsten«, er hob die Hand hoch, um Selquists zweifellos nun folgenden, sarkastischen Kommentar abzuwehren, »ansonsten berufe ich eine Ortsversammlung ein und verrate jedem Zwerg in Celebundin, daß ihr eine Schatzkarte gefunden habt.«

Selquist erbleichte unter seinem Stoppelbart. »Das würdest du nie tun.«

»Glaubst du?« drohte Hammerkopf.

»Laß ihn doch«, sagte Mortar, der das Ganze für einen Bluff hielt.

»Wie? Bist du verrückt? Weißt du, was dann los ist?« fluchte Selquist verbittert. »Ich könnte nicht mehr vor die Tür gehen, ohne daß fünfundzwanzig Zwerge mir nachschleichen, die allesamt überzeugt sind, daß ich gerade den Schatz holen gehe.«

»Keine ruhige Minute hättest du mehr«, sagte Hammerkopf, der einen tiefen Seufzer ausstieß. »Und dann wären da natürlich noch die, die der Meinung sind, daß du den Schatz bereits gefunden und irgendwo versteckt hast.«

»Sie würden das Haus auf den Kopf stellen!« sagte Selquist

entsetzt. »Meinen Garten umgraben!« Seine Stimme wurde härter. »Na schön, Hammelkopf, du hast gewonnen. Aber kein Wort mehr darüber, mich auszustoßen.«

Hammerkopf schaute finster drein. Er zögerte.

»Wenn ich den Schatz habe, ziehe ich wahrscheinlich sowieso nach Palanthas«, meinte Selquist unbekümmert. »Wir geben dir natürlich einen Anteil. Wir sind vier, mit dir macht das fünf. Mal sehen, fünf mal zwei ist zehn. Zehn mal zehn ist hundert. Wir geben dir ein Hundertstel. Ein Hundertstel Anteil, damit du den Mund hältst. Ich bin viel zu großzügig, ich weiß. Aber das ist eine meiner Schwächen.«

Hammerkopf war nicht gerade gut im Bruchrechnen – das hatte er schon in seiner Jugend nicht richtig beherrscht. Hundert hörte sich wie eine schöne, runde Zahl an. Außerdem war er sowieso nicht an Gold, Stahl und Edelsteinen interessiert. Na gut, gewissermaßen schon, aber alles zu seiner Zeit.

»Was ist mit den Dracheneiern?« fragte er, stützte sich auf den Tisch und sah die anderen Zwerge der Reihe nach an. Sein eisengrauer Bart zitterte vor Haß. »Ich habe gehört, daß ihr etwas von Dracheneiern und Drakonierweibchen gesagt habt. Was ist damit? Was habt ihr gefunden?«

Selquist seufzte. Er war schrecklich müde und entmutigt. Morgen, wenn er eine Nacht geschlafen und gut gefrühstückt hatte, würde er mit Hammerkopf fertig werden können. Heute nacht war ihm längst alles egal. Außerdem war da die schreckliche Vorstellung, wie seine Nachbarn ihn verfolgten, jeden seiner Schritte überwachten …

»Auger, erklär du's ihm«, sagte er erschöpft.

»Die Wahrheit?« Auger war sich nicht sicher, was von ihm verlangt wurde.

Selquist seufzte wieder, dann nickte er.

»Na gut. Ich hoffe, du weißt, was du tust. Dieses Buch«, Auger blätterte es mit dem Daumen durch, »ist der Bericht von einem Daewarraubzug nach Neraka, damals während des

Kriegs der Lanze. Sie haben einen Riesenschatz gefunden, den die Drachenfürsten angehäuft haben. Nicht nur das, sondern sie fanden auch Eier, die nicht ausgebrütet waren. Es waren Drakonierweibcheneier. Offensichtlich hatten die Mächtigen auch Weibchen erschaffen und dann beschlossen, daß es für alle Beteiligten das beste wäre, wenn die Drakonier sich nicht vermehrten. Und deshalb wurden die Sprüche, die zum Schlüpfen nötig waren, nicht gesprochen.«

»Reorx sei Dank!« sagte Hammerkopf. Er beäugte Selquist grimmig. »Und was genau hattet ihr mit diesen Eiern vor?«

»Natürlich verkaufen«, erwiderte Selquist achselzuckend. »Wieso? Was würdest du mit ihnen machen, Hammelkopf? Eierkuchen!«

»Haargenau, ich werde Eierkuchen aus ihnen machen«, sagte Hammerkopf böse. Er ballte die Hand zur Faust. Die Faust ließ er derart heftig auf den Tisch heruntersausen, daß er diesen fast zerschlagen hätte. »Ich werde jedes einzelne dieser gottverfluchten Eier zerbrechen! Dafür sorge ich höchstpersönlich!«

»Was? Nein! Das kannst du nicht!« Selquist starrte den Mann an, dessen Dummheit ihm unbegreiflich war. »Ist dir klar, was wir rausholen, wenn wir diese Eier verkaufen? Vielleicht nicht gerade auf dem freien Markt«, gestand er ein, »aber die Drakonier würden jeden Preis bezahlen! Jeden, Hammerkopf! Mit einem Hundertstel Anteil wärst du reicher als der Lehnsherr!«

»Du habgieriger, hinterhältiger Dieb von einem Daerwarschurken«, fauchte Hammerkopf. »Du würdest selbst deinen eigenen Vater verkaufen, wenn du wüßtest, wer das ist. Wenn diese Drakonierweibchen schlüpfen, paaren sie sich mit den Männern, und dann gibt es Drakonierbabys. Und aus den Babys werden große Drakonier, und die werden die Welt beherrschen!«

»Hui!« sagte Selquist mit großen Augen. »Da kommen also die Babys her, Hammelkopf? Das hatte ich gar nicht gewußt.«

»Ich kümmere mich um sie«, fuhr Hammerkopf fort. »Ich nehme zwanzig meiner besten Soldaten mit und zerstöre die Eier! Was sagst du dazu?«

»Gut«, sagte Selquist unbedarft. »Wir brauchen jemanden, der die Beute trägt. Natürlich wirst du deinen Anteil mit ihnen teilen, wenn du sie mitnimmst.«

»Pah«, grunzte Hammerkopf. »Wer hat denn behauptet, daß ihr mitkommt? Gib mir die Karte.«

»Die wird dir nicht viel helfen«, sagte Selquist mit süßem, unschuldigem Lächeln. »Falls du nicht vorhast, die Hylaren zu bitten, dir doch die Tore in den Berg aufzumachen! Ich bin der einzige, der den geheimen Weg nach Thorbardin kennt.«

Der Hohn auf Hammerkopfs Gesicht war wie weggeblasen. Stirnrunzelnd, schnaubend und grollend stand er da und fragte sich, welchen Ausweg es noch gab.

Selquist strich sein Hemd glatt und zog seine Hose hoch, wobei er unauffällig nachfühlte, ob die Karte noch da war. Sie war es. Er lächelte den irritierten Hammerkopf an.

»Willst du mir sagen, dieser Schatz, diese Eier sind in ... in ...« Er hatte Schwierigkeiten, den verabscheuten Namen auszusprechen. Schließlich spie er ihn aus: »Thorbardin?«

»Ja, Hammelkopf. Das will ich dir damit sagen. Ich kenne den Zugang. Ein geheimer Weg – nicht auf der Karte. Deshalb vermute ich, falls du nicht in Südtor anklopfen willst, daß du mich lieber mitnimmst. Und meine Freunde«, fügte er hinzu.

»Ich bin nicht sicher, ob ich mitkommen kann«, warf Mortar ein. »Weißt du, ich habe Reorx versprochen, wenn er mir hilft, diesen Schwarzen Rittern zu entkommen, dann würde ich nie wieder stehlen. Und er hat uns geholfen. Ich meine, ich glaube, er hat uns geholfen. Vielleicht war er es, der die Drakonier geschickt hat –«

Selquist warf Mortar einen warnenden Blick zu.

Mortar sagte »Oh!« und klappte den Mund zu.

Hammerkopf starrte einen nach dem anderen an. »Also haben eure Drakogenossen euch da rausgeholfen, ja? Und zum Dank habt ihr ihnen die Karte geschenkt. Ich sehe schon, sie werden auch hinter den Eiern her sein!«

Selquists linke Augenbraue zuckte. Fast hätte er etwas gesagt, doch dann biß er sich auf die Zunge, und um zu verbergen, daß er fast gesprochen hätte, strich er mit solchem Nachdruck durch den Stoppelbart, daß es aussah, als würde er ihn abreißen wollen.

»Wir müssen einfach nur vor ihnen dort sein«, sagte Hammerkopf feierlich. »Wir brechen im Morgengrauen auf. Und du«, er drohte Selquist mit der Faust, »nennst mich Hammerkopf! Hammerkopf! Verstanden?«

Damit und mit einem Fauchen zum Abschied marschierte er ab.

»Ach, was«, sagte Auger. »Seht es doch so. Wir werden Helfer haben, die uns die Beute zurücktragen. Ich hatte mich schon gefragt – brrr!«

»Ach, sei still«, herrschte Selquist Auger an und kippte ihm einen Krug schales Bier über den Kopf.

Nachdem er so gezeigt hatte, was er von Augers philosophischem Standpunkt hielt, knallte Selquist den leeren Krug auf den Tisch und ging ins Schlafzimmer.

Einen Augenblick später kam er zurück. Er trug seine Lederrüstung und den Helm und hielt etwas in der Hand. Dann ging er auf die Vordertür zu, oder besser auf das, was von ihr noch übrig war.

»Wo willst du hin?« fragten die anderen erstaunt.

»Raus«, knurrte er. »Wartet nicht auf mich.«

Die drei drückten ihre Nasen am Fenster platt. Das letzte, was sie von Selquist sahen, war, wie er die Straße hinunterlief und das Dorf verließ.

Kapitel 6

Ein Baaz verteilte sorgfältig eine faulig stinkende, klebrige Masse auf einem Tuch. »Gleich wird es brennen, Sir«, warnte er. Beim letzten Mal hatte er seinem Kommandanten dieses Mittel ohne Vorwarnung verabreicht und dann zwei Wochen mit einem gebrochenen Kiefer das Bett gehütet.

Kang nickte kurz, biß die Zähne zusammen und hielt sich an der Tischkante fest.

Der Baaz legte das Tuch mit der Masse auf die Wunde an Kangs Oberschenkel.

Kang heulte auf. Der Tisch wackelte. Seine Klauen machten Kratzgeräusche.

»Brennen, sagt er!« keuchte Kang.

Geschickt wand der Baaz einen frischen Verband um die Wunde. Schließlich goß er seinem japsenden und fluchenden Kommandanten eine Tasse Zwergenschnaps aus ihrem schwindenden Vorrat ein und machte sich hastig davon. Kang kippte die bittere Flüssigkeit hinunter, und einen kurzen Augenblick rang das Feuer in seinem Kopf erfolgreich mit dem Feuer, das in seinem Bein loderte. Schließlich ließ der Schmerz nach.

Sehnsüchtig schaute Kang zu seinem Feldbett. Er war die ganze Nacht und einen Großteil des Morgens auf den Beinen gewesen. Der Rückweg war die Hölle gewesen. Bei jedem Schritt hatten ihn qualvolle Schmerzen gemartert. Slith hatte ihn beim Gehen stützen müssen. Sechs Stunden hatten sie gebraucht, um das Tal zu durchqueren.

Schlafen wäre wunderbar, aber Kang hatte keine Zeit. Er mußte sich von Slith berichten lassen, was die anderen Sivaks herausgefunden hatten. Auf der Grundlage dieses Berichts mußte er entscheiden, was zu tun war. Womöglich sammelten sich die Zwerge bereits, um heute abend anzugreifen, obwohl Kang das nach allem, was er gesehen hatte, für unwahrscheinlich hielt.

»Laß Unterkommandant Slith rufen«, rief er dem Sanitäter nach.

Kang wandte den Blick entschlossen vom Bett ab. Eigentlich müßte er hinausgehen und um den abgebrannten Paradeplatz humpeln, damit sein Bein nicht durch die mangelnde Bewegung noch steifer würde. Er hatte sich gerade dazu durchgerungen, als Slith das Kommandozelt betrat.

»Geht es Euch besser, Sir?« Slith zog sich einen Stuhl heran und setzte sich.

»Nein«, sagte Kang offen. »Diese Höllenhunde von Zwergen. Ich hätte gute Lust, persönlich ein paar von ihnen aufzuschlitzen. Wie steht's mit Euch?«

»Mein Kopf fühlt sich ungefähr so groß an wie die Selbstgefälligkeit eines Minotaurus, aber ansonsten geht es mir gut.«

»Gut«, grunzte Kang. »Was gibt es zu berichten? Ich gehe davon aus, daß die anderen mehr Glück hatten als wir?«

»Viss nicht. Es hatte sich gerade in der Taverne mit seinem Glas hingesetzt, als die ganze Meute mir nachzujagen begann. Das einzige, was ihm übrigblieb, war mitzurennen. Es gelang ihm, in der Menge unterzutauchen, und dann schrie einer, sie hätten die Leichen gefunden, und jemand anders entlarvte ihn als einen von uns. An diesem Punkt war Viss der Meinung, daß er nichts mehr erreichen könnte, und machte sich davon.«

»Was ist mit Glish und Roxl?«

Slith grinste. »Die haben es besser getroffen, Sir. Sie schlossen sich einer Zwergengruppe an, die am anderen Ende des Dorfes Wache schob. Von dieser Seite erwarteten die Zwerge keinen Angriff, darum hatten sie einen Krug Zwergenschnaps dabei. Als Glish und Roxl auftauchten, hätten die Zwerge nicht mehr unterscheiden können, ob sie Drakonier oder Elfenmädchen wären. Glish und Roxl setzten sich einfach dazu und stießen fast bis Sonnenaufgang mit den Zwergen an.«

»Und was haben sie herausgefunden?«

»Nun, Sir, es sieht so aus, als wäre unser Dorf vom Kriegshäuptling niedergebrannt worden, einem Zwerg mit Namen Hammerkopf. Der Lehnsherr wußte nichts davon und hat getobt, als er die Geschichte hörte. Ein paar von den Zwergen fanden das Abfackeln unserer Häuser eine gute Idee, aber die meisten nicht. Die meisten hielten es für eine furchtbare Verschwendung von gutem Bauholz. Jetzt haben sie natürlich alle entsetzliche Angst, daß wir den Spieß umdrehen und ihre Häuser niederbrennen könnten.«

»Vielleicht tun wir das auch noch«, sagte Kang und rieb sich das wunde Bein. »Irgendwelche Pläne, uns anzugreifen?«

»Dieser Kriegshäuptling drängt darauf, aber der Lehnsherr ist dagegen. Sagt, sie würden zu viele Leute verlieren. Und was der Lehnsherr sagt, das zählt.«

»Nun, das sind gute Nachrichten. Wir werden mit jedem Tag stärker. Bald werden wir die Mauer repariert und den Schutt weggeräumt haben. Dann können wir neu bauen.« Kang nickte zufrieden. »Ich bin froh, daß wenigstens einige von uns heute nacht Erfolg hatten. Erinnert mich bei der nächsten Inspektion daran, diese drei zur Beförderung zu empfehlen.«

»Ja, Sir.«

Anstatt zu gehen, rutschte Slith auf seinem Stuhl herum und beobachtete seinen Kommandanten aus dem Augenwinkel.

»Nun, was ist, Slith? Ihr habt offenbar noch etwas auf dem Herzen.«

»Ich weiß, daß Ihr sehr müde seid, aber es gäbe da noch etwas zu besprechen, Sir«, sagte Slith. »Ich würde Euch nicht behelligen, wenn es nicht so wichtig wäre.«

»Sicher«, meinte Kang. »Ihr erspart mir eine Runde um den Paradeplatz. Worum geht es?«

Slith griff in seinen Gürtel, zog das gefaltete Stück Pergament hervor und breitete es sorgfältig auf dem Tisch aus. »Werft mal einen Blick darauf, Sir. Es war in dem Buch, das wir den Zwergen gestohlen haben.«

Kang sah es an. »Das ist eine Karte.«

»Ja, Sir«, sagte Slith. »Ich nehme an, Ihr könnt die Schrift nicht lesen, oder, Sir?«

Kang schüttelte den Kopf. »Sieht aus wie eine Art Zwergensprache, aber ich kann nichts entziffern.«

»Zu schade.« Slith betrachtete die Karte. »Seht, diese kleine Zeichnung hier, Sir. Was meint Ihr, was das ist?«

Kang beugte sich blinzelnd vor. »Eier. Große Eier, würde ich sagen, da sie größer gezeichnet sind als alles andere.«

Slith nicke zufrieden. »Das habe ich mir auch gedacht. Diese anderen Zeichnungen könnten Drakonier sein, Sir. Vielleicht Wachen? Und diese Zeichen hier. Was meint Ihr, was das ist?«

Kang zeigte mit einer Klaue darauf. »Das sind Vorratskisten. Das da sind Urnen. Behälter für Spruchrollen vielleicht, oder Kartenrollen. Bücher, wahrscheinlich Zauberbücher, da sie alle mit dem Symbol eines der drei Monde markiert sind.«

»Genau meine Ansicht, Sir.« Slith grinste.

Kang lehnte sich in seinem Stuhl zurück und legte sein verwundetes Bein vor sich auf einen Schemel. »Was denkt Ihr also über diese Karte, Slith? Anscheinend haltet Ihr sie für wichtig. Ihr seht aus wie der Drache, der den Kender verschluckt hat.«

»Ja, Sir.« Slith zögerte kurz, dann sagte er mit gesenkter Stimme: »Ich glaube, wir hatten letzte Nacht weniger Pech, als wir dachten. Ich vermute, es handelt sich um eine Schatzkarte, Sir! Die da«, er zeigte auf die Kisten und Urnen, »sind wahrscheinlich mit Geld und Juwelen gefüllt. Und wie Ihr sagt, dürften Zauberbücher und Spruchrollen dort liegen. Ich glaube, diese Karte könnte uns zu einem wertvollen Schatz führen, Sir.«

»Was ist mit den Eiern?« fragte Kang. »Was haben Eier mit einem Schatz zu tun? Außer natürlich, wenn man auf halbe Ration gesetzt ist.«

Die Drakonier lebten zur Zeit auf halber Ration. Die einzigen Vorräte, die sie noch hatten, waren die, welche sie aus dem Lager der Schwarzen Ritter mit zurückgebracht hatten, und bei zweihundert hungrigen Mäulern würden die nicht lange vorhalten.

»Ich weiß es nicht. Vielleicht sind es gar keine Eier. Vielleicht sind es –«

Der Baazposten klopfte ans Zelt.

»Ja?« Kang schob sein Bein in eine etwas bequemere Position. »Was ist denn?«

»Etwas, das Ihr Euch wohl besser ansehen solltet, Sir.«

»Also gut.« Kang gab Slith einen Wink, worauf dieser die Karte nahm, sie zusammenfaltete und wieder in seinen Gürtel steckte.

Der Baaz trat ein. In der Hand hielt er eine kleingewachsene, zappelnde, zerzauste Gestalt, die einigermaßen bekannt aussah.

»Huch?« sagte Kang verwundert. »Was ist denn das?«

»Ein Zwerg, Sir«, sagte der Baaz.

»Das sehe ich«, gab Kang gereizt zurück. »Ich meine, was macht er hier?« Er starrte den Zwerg durchdringend an. Er hatte dieses Gesicht mit dem kümmerlichen Bartwuchs schon einmal irgendwo gesehen. Er warf einen Blick zu Slith, der den Zwerg mit zusammengekniffenen Augen anstarrte.

»Kalt wie der Atem eines weißen Drachen ist er durch die Postenlinien marschiert, Sir«, erläuterte der Baaz. »Die Jungs haben ihn geschnappt und wollten ihn abmurksen, weil sie ihn für einen Spion hielten, da hält er ein Medaillon hoch und sagt, er muß gleich mit dem Kommandanten reden.«

»Was für ein Medaillon?« Kang war mißtrauisch. Er zweifelte nicht daran, daß der Zwerg ein Spion war.

Der Baaz ließ den Zwerg auf den Zeltboden fallen und knuffte ihn an den Hinterkopf. »Zeig dem Kommandanten das Medaillon.«

Der Zwerg öffnete seine schmierige Hand und streckte sie aus. Im gleichen Augenblick erkannte ihn Kang.

»Du!« brüllte er. »Du bist der Hund, der mich verwundet hat!«

Der Baaz zog sein Messer, packte den Zwerg an den Haaren, riß ihm den Kopf zurück und wartete auf den Befehl seines Kommandanten, ihm die Kehle durchzuschneiden. Kang hätte diesen Befehl vielleicht gegeben, aber Slith hielt ihn zurück. Der Sivak hatte sich über die Hand des Zwergs gebeugt und sah das Ding an, das dieser hielt.

»Ich glaube, Ihr solltet mal einen Blick drauf werfen, Sir.«

Widerstrebend schwang Kang sein Bein vom Stuhl, stellte sich unter Schmerzen auf die Beine und humpelte zu dem Zwerg, um zu sehen, was dieser vorzeigte. Bis zu diesem Zeitpunkt hatte der Zwerg noch kein Wort gesagt.

»Da werd' ich doch zum Hobgoblin!« sagte Kang überrascht. »Das ist mein heiliges Symbol! Das ... das, welches mir gestohlen wurde!« Er sah den Zwerg finster an und ging zur Gemeinsprache über. »Das hast du mir gestohlen! Dieb! Was willst du hier damit?«

Der Zwerg fiel auf die Knie und erhob unterwürfig die Hände. »Oh, kluger und ruhmreicher Führer! Ich gebe meine Tat offen zu, aber ich wußte nicht, daß ich es dir gestohlen habe. Spielt ja auch keine Rolle.« Der Zwerg senkte den Kopf. »Ich gebe zu, daß ich etwas Falsches getan habe, obwohl man dasselbe von anderen behaupten könnte, die Dinge stehlen – besonders Bücher –, die ihnen nicht gehören.«

Kang fauchte. Der Zwerg schluckte und fuhr fort. »Ich bin glücklich, dir dies wiedergeben zu dürfen, ehrenwerter Herr.

Sehr glücklich!« Der Zwerg wischte sich mit dem Ärmel seiner Tunika den Schweiß vom Gesicht. »Zum Ausgleich erbitte ich nur eines.« Er rang die Hände. »Nimm den Fluch deiner Königin von mir! Bitte!«

»Wie wäre es, wenn du um dein armseliges Leben bettelst?« fragte Kang mit schneidender Stimme.

Der Zwerg überlegte es sich, schüttelte dann aber den Kopf. »Nein, Herr. Wenn du den Fluch nicht von mir nimmst, ist mein Leben sowieso verwirkt. Wenn du jetzt einfach den Fluch brechen würdest, wäre ich dankbar. Sehr dankbar. Und es tut mir wirklich leid, daß ich dich verwundet habe, Herr. Nur in der Hitze des Gefechts. Ich bin sicher, das wirst du verstehen.«

Kang schnappte sich das heilige Symbol. Seine Hand schloß sich darum. Ein Schauer der Erleichterung durchflutete ihn, eine segensreiche Wärme, welche den Schmerz seiner Wunde linderte.

Kang streckte die Hand aus und nahm das Messer des Baaz'. »Danke, Soldat, aber den hier erledige ich selbst –«

»Ähm, auf ein Wort, Sir?« Slith hüstelte vielsagend und wies mit dem Kopf in den hinteren Bereich des Zelts.

»Na schön«, murmelte Kang, der immer noch den Zwerg anfunkelte.

Er und Slith zogen sich in den Schatten zurück.

»Sir, das ist der Zwerg von gestern nacht. Der Zwerg mit dem Buch.«

»Das ist auch der Zwerg, der mich mit dem Messer verwundet und mein heiliges Symbol gestohlen hat«, knurrte Kang. Er hielt inne, dann fragte er: »Welches Buch?« An die Ereignisse der letzten Nacht erinnerte er sich nur verschwommen.«

»Das Buch, das ich Euch gegeben habe, Sir. Das Buch mit dem Ledereinband, den Ihr als Bandage benutzt habt. Da hat die Karte dringesteckt! In dem Buch! Und das da war der

Zwerg in dem Haus mit dem Buch. Und darum hat er Euch verwundet, Sir.«

»Das Buch!« Jetzt fiel es Kang wieder ein. »Bei unserer Königin, Ihr habt recht. Was ist damit? Es ist doch bloß ein Buch.«

»Sir, er war so wild auf dieses Buch, daß er hinter Euch hergerannt ist – einem Drakonier, dreimal so groß wie er selbst – und von hinten auf Euch eingestochen hat.«

»Da habt Ihr recht«, gab Kang zu.

»Und seht nur, wie seine kleinen Knopfaugen herumschießen. Er sucht etwas, Sir. Was könnte es anderes sein als die Karte? Er wird sich denken können, daß wir sie haben. Wißt Ihr, was ich glaube, Sir.«

»Ich denke schon«, sagte Kang.

»Das Buch verrät, was es mit dem Schatz auf sich hat. Er weiß es!«

Kang betrachtete den Zwerg nachdenklich. »Er ist ein gerissener kleiner Bursche. Und zwar ein Böser. Kein Zwerg mit reinem Gewissen könnte das Medaillon unserer Königin auch nur anrühren, und er trägt es mit sich herum, als wäre es ein verdammtes Erbstück. So, wie er aussieht, würde ich allerdings meinen, daß er lieber stirbt, als uns etwas über den Schatz zu verraten.«

»Genau das«, sagte Slith noch aufgeregter. »Der Fluch, Sir. Er spuckt aus, was er über den Schatz weiß, und Ihr nehmt den Fluch von ihm.«

»Was für ein Fluch?« Kang war verwirrt. »Niemand hat ihn mit einem Fluch belegt. Obwohl ich wünschte, ich hätte daran gedacht.«

»Spielt keine Rolle, Sir. Er glaubt jedenfalls, auf ihm läge ein Fluch.«

»Ah«, sagte Kang. »Vielleicht habt Ihr recht.«

Er und Slith gingen nach vorne zurück. Der Zwerg beäugte sie mißtrauisch.

»Das wäre alles«, sagte Kang zu dem Baaz, der salutierte und das Zelt verließ.

»Also dann.« Kang fixierte den Zwerg mit seinen Reptilaugen. »Wie war das mit dem Fluch?«

»Das weißt du doch«, sagte der Zwerg mürrisch. »Du hast ihn doch ausgesprochen.« Plötzlich brach alles aus ihm heraus. »Erst der Krieg, dann die Kender in Pax Tharkas, dann Schwarze Ritter, die Leute von der Straße wegschnappen, dann Drakonier in meiner Stube, und schließlich und endlich Hammerkopf unter meinem Fenster! Nimm ihn von mir«, bat der Zwerg durch die zusammengebissenen Zähne. »Oder töte mich auf der Stelle.«

Während er sprach, suchten seine Augen unablässig jede Ecke des Zelts und alles, was darin war, ab.

»Ist es das, wonach du suchst?« Slith zog die gefaltete Karte hervor und legte sie auf den Tisch.

Der Zwerg würdigte das Stück Pergament kaum eines Blickes. Er zuckte mit den Schultern. »Nein, ich suche überhaupt nichts.«

»Der ist wirklich gut«, murmelte Kang in sich hinein. Tief in den schwarzen Augen des Zwerges hatte er das Leuchten gesehen, als Slith die Karte hervorzog.

»Ich biete dir ein Geschäft an«, sagte Kang. Er kehrte zu seinem Stuhl zurück, sank hinein und legte das verwundete Bein auf den Schemel. »Ich nehme den Fluch von dir, wenn für mich etwas dabei herausspringt. Wir haben zufällig diese Karte gefunden. Für uns sieht sie aus wie eine Art Schatzkarte, aber die Schrift ist in Zwergisch, das können wir nicht lesen.«

»Gib sie mir«, sagte der Zwerg. »Ich lese sie euch vor.«

»Ja, ganz bestimmt. Damit du gleichzeitig deine Erinnerung auffrischen kannst.« Kang legte seine Klauenhand auf die Karte. »Es muß etwas auf der Karte stehen, was eine Fluchaufhebung wert ist. Was ist das?«

Der Zwerg schürzte die Lippen. Bei dieser Bewegung sog er

die Backen ein und spitzte den Mund. Er war ohnehin kein besonders hübscher Zwerg, und diese Miene trug nichts zu seiner Verschönerung bei. Er biß sich auf die Lippen.

Kang hielt das heilige Medaillon hoch, griff nach vorn und zog dem Zwerg die Tasche auf. »Vielleicht möchtest du das zurück ...«

»Na gut!« Der Zwerg keuchte auf und schüttelte sich. »Um es loszuwerden! Ich verrate euch ... eine Sache!« Er schien die Worte aus sich herausquetschen zu müssen. »Habt ihr euch die Karte angesehen?«

»Ja.«

»Ihr wißt, daß es eine Karte von Thorbardin ist.«

»Ja, natürlich«, bestätigten Kang und Slith. Sie wechselten einen Blick. Keiner von ihnen hatte davon eine Ahnung gehabt.

»Schön.« Der Zwerg holte tief Luft. Sein Blick kehrte noch einmal zu dem heiligen Symbol zurück. Ergeben ließ er die Schultern sinken. Die Worte sprudelten wie ein Sturzbach heraus. »Habt ihr auf dieser Karte Zeichen gefunden, die wie Eier aussahen? Nun, es sind Eier. Dracheneier. Aus Neraka, damals im Krieg der Lanze. Habe ich Dracheneier gesagt? Macht Drakoniereier daraus. Wie ihr Herren, bloß sind sie keine Herren. Wenn ihr versteht, was ich meine.«

Das taten sie nicht. Kang und Slith schauten sich verständnislos an.

Der Zwerg verlor die Geduld. »Na, muß ich euch Kerlen denn jedes einzelne Wort buchstabieren? Was ist das Gegenteil von Herren? Damen! Richtig? Jetzt habt ihr's langsam. Es sind Damen in diesen Eiern, meine Freunde. Junge, Mädchen. Junge, Mädchen. Das Tapsen von kleinen Klauenfüßen. Weibliche Drakonier.«

Der Zwerg trat einen Schritt zurück, machte eine schwungvolle Gebärde und verschränkte die Arme vor der Brust wie ein zweitklassiger Illusionist, der gerade eine Münze aus seiner Nase hervorgezaubert hat.

Kang und Slith saßen regungslos da und starrten den Zwerg an. Seine Eröffnung hatte ihnen so sehr den Atem verschlagen, als hätte er sie mit einem Vallenholzstab in den Solarplexus getroffen.

»Frauen«, flüsterte Kang. »Drakonierfrauen. Das ist unmöglich.«

»Doch, doch. Es steht alles in dem Buch. Die schwarzen Kleriker und die schwarzen Zauberer haben Frauen gemacht, damit eure Rasse sich fortpflanzen kann. Aber dann haben die großen wichtigen Oberherren beschlossen, daß sie es gar nicht so gern hätten, wenn sich eure Rasse vermehrt. Und deshalb ließen sie den letzten Zauberspruch unvollendet.«

»Aber wir waren in Neraka«, sagte Slith mit rauher Stimme. »Wir hätten sie finden müssen!«

»Eben nicht«, sagte der Zwerg gewitzt. »Denn damals hatten die Daewars sie bereits gestohlen und nach Thorbardin mitgenommen. Sie wollten sie verkaufen, aber bevor sie dazu kamen – waren sich die Diebe plötzlich uneins bezüglich der Schatzaufteilung, und dann rollten nicht die Münzen, sondern Köpfe.«

»Willst du damit sagen … die Eier … gibt es noch?« Kang versagte die Stimme, bevor er seinen Satz beendet hatte, aber der Zwerg verstand.

»Das ist gut möglich.« Er zuckte mit den Schultern. »Denkt daran, ich kann für nichts garantieren. Nun, wie sieht's aus? Ist das wertvoll genug?«

»Ja. Sicher.« Kang war wie betäubt. Er winkte dreimal mit der Hand über den Kopf des Zwerges und sagte etwas auf drakonisch. Er wußte gar nicht genau, was es war, aber den Zwerg schien es zufriedenzustellen. Er richtete sich auf und schüttelte die Haare zurück.

»Wunderbar! Ich fühle mich wie neugeboren.« Er warf einen sehnsüchtigen Blick auf die gefaltete Karte. »Ich glaube nicht … wenigstens ein kurzer Blick?«

Slith fletschte fauchend die Zähne.

Der Zwerg nickte. »Schon verstanden. Bis demnächst.« Er winkte und verließ das Zelt.

»Sir!« Der Baaz steckte seinen Kopf hinein. »Soll ich –«

»Laß ihn laufen«, meinte Kang, der noch immer wie betäubt war. »Geleite ihn durch die Postenlinien. Sorg dafür, daß ihm nichts zustößt.«

»Ja, Sir.« Der Baaz hatte seine Zweifel, aber er hätte die Befehle seines Kommandanten niemals in Frage gestellt. Kang hörte die schweren Schritte des Zwergs in der Ferne verklingen.

»Was meint Ihr?« fragte Kang Slith.

Der Sivak kam abrupt wieder zu sich. Mit zitternden Händen faltete er eilig und vorsichtig die Karte auf. Die beiden beugten sich darüber und sahen sie genau an.

»Es könnte sein, Sir«, sagte Slith aufgeregt. »Es könnte tatsächlich so sein. Diese Zeichnungen. Seht sie Euch an, Sir. Sie sind anders als wir. Die Flügel kürzer und stämmiger. Die Hüften breiter und –«

»Vielleicht wurden sie von einem schlechten Künstler gezeichnet«, meinte Kang. Er seufzte. »Ihr seht, was Ihr zu sehen wünscht, mein Freund.«

»Vielleicht, Sir.« Slith blieb stur. »Aber ich finde, es ist einen Versuch wert. Was meint Ihr?«

Kang blickte in ihre Zukunft. Eine Zukunft, die plötzlich nicht mehr leer und öde war. Eine Zukunft, die keine Totenwache mehr war. Eine Zukunft, die einen Sinn hatte.

»Ja«, sagte er, während er tief Luft holte. »Ja, ich würde sagen, es wäre einen Versuch wert!«

☆☆☆

Selquist fand einen Platz in einem bewaldeten Teil des Tals, an dem er sich verkriechen und die Mittagshitze abwarten konnte. Es würde ein anstrengender Marsch werden, und er wollte sowieso nicht unbedingt tagsüber nach Celebundin zurückkehren. Nachdem er es sich an einem kühlen Fleckchen unter einer großen Pinie gemütlich gemacht hatte, legte Selquist sich hin, den Kopf auf die Arme, und starrte lächelnd in die Zweige hinauf.

Er hatte die Karte nicht zurückbekommen, aber das hatte er eigentlich auch nicht erwartet. Die Karte zu haben war jetzt sowieso nicht mehr wichtig. Zwerge und Drakonier und die Karte – alles zog zu demselben Ort …

Ein Ziel erreicht.

Das zweite Ziel – sich von diesem verfluchten heiligen Symbol der Takhisis zu befreien. Auch das war erreicht. Selquist war weder abergläubisch noch besonders religiös. Aber wenn alles schiefläuft und immer wieder schiefläuft und man einen Anhänger im Besitz hat, der möglicherweise von Ihrer Dunklen Majestät stammte, und wenn sie diesen womöglich schätzte, und wenn die Art, wie man an diesen Anhänger gekommen war, nicht so ganz ehrenhaft war … nun, es konnte nichts schaden, ihn zurückzugeben.

Und schließlich das dritte Ziel. Hammerkopf ein für allemal loszuwerden.

Dieses Ziel war noch nicht ganz erreicht, aber Selquist hatte jedenfalls einen guten Anfang gemacht.

Kapitel 7

Kang und Slith verbrachten den restlichen Tag damit, Pläne zu schmieden. Sie hielten die Karte und die Nachricht von den Eiern geheim, nicht weil sie ihren Männern nicht trauten, sondern weil sie wußten, wenn sie ihnen erst einmal von diesem unerwarteten Hoffnungsschimmer erzählten, würden sie die Männer kaum davon abbringen können, kopflos davonzulaufen und dabei wahrscheinlich ins offene Verderben zu rennen.

Ihr Kommandant mußte ihnen zuvor einen Plan vorlegen können. Und als Kang endlich aus seinen euphorischen Tagträumen erwachte, wurde ihm klar, daß dies nicht leicht werden würde. Eigentlich konnte er sich nichts Schwierigeres vorstellen.

»Thorbardin«, murmelte er. »Wie zum Teufel sollen wir nach Thorbardin gelangen? Euch Sivaks könnte es bestimmt gelingen. Einen oder zwei Zwerge umhauen und ihre Gestalt annehmen. Obwohl das in Celebundin nicht gerade gut geklappt hat.«

»Wir brauchen eine richtige Truppe«, sagte Slith. »Mehr als nur vier Sivaks. Zum einen müssen wir diese Eier selbst bekommen. Dracheneier sind groß, und sie sind schwer. Ganz zu schweigen davon, daß wir vielleicht kämpfen müssen. Ich traue diesem zerrupften kleinen Zwerg nicht über den Weg. Ich habe das Gefühl, er will uns reinlegen. Er hat sein Wissen viel zu eifrig preisgegeben.«

»Es könnte eine Falle sein«, meinte Kang.

»Wahrscheinlich ist es das, Sir«, stimmte Slith zu. Er

schwieg einen Augenblick, dann sagte er: »Wir können die Sache vergessen, Sir. Wenn Ihr das wirklich wünscht. Ich würde zu niemandem ein Wort darüber verlieren.«

Ja, sagte sich Kang. Das sollten wir tun. Es ist verrückt, unmöglich, gefährlich und wahrscheinlich alles umsonst. Wir bleiben hier und bauen unser Dorf wieder auf. Alle paar Wochen überfallen wir die Zwerge. Alle paar Wochen überfallen sie uns. Irgendwann – wer weiß schon, wann? – sterben wir einfach weg. Erst einer oder zwei. Dann mehr und mehr. Wir werden die Gräber hinter dem Dorf ausheben, sie so tief schaufeln, daß die Tiere die Leichen nicht ausgraben. Der letzte, der übrigbleibt, wird kein Grab bekommen. Denn ihn wird niemand mehr beerdigen.

Vielleicht werde ich das sein. Vielleicht werde ich der einzige Drakonier sein, der noch lebt. Ich sehe all die anderen sterben, all meine Freunde, all meine Kameraden, alle, die ich angeführt habe. Ich begrabe sie alle, und dann bin nur noch ich übrig. Unsere ganze Hinterlassenschaft – eine Reihe Gräber.

Kang schaute Slith an. »Also gut. Wie zum Teufel kommen wir nach Thorbardin?«

Slith grinste. »Ich glaube, ich weiß einen Weg, Sir.«

☆☆☆

Die kleine, fünfundzwanzig Mann starke Drakoniertruppe aus Sivaks und Bozaks schlich leise durch den Wald im Norden von Celebundin. Die Truppe war von Norden gekommen und hatte dann einen Bogen zum Wald zurück geschlagen, weil sie durch diese Taktik den Zwergenspähern im Tal zu entgehen hoffte.

Kang schaute sich um. Er konnte die Drakonier kaum erkennen, die hinter ihm im Wald lauerten, dabei wußte er, wo er sie zu suchen hatte. Sie trugen Lederrüstungen und verschmolzen durch ihre Tarnfarben mit den staubigen Braun- und Grüntönen des von der Sonne verbrannten Waldes. Jeder wählte einen Platz, duckte sich und rührte sich nicht mehr. Sie hätten auch Steine sein können, die zwischen den Bäumen herumlagen.

Zufrieden wandte Kang seine Aufmerksamkeit wieder dem Haus zu, das sie unablässig beobachteten.

»Sie sind noch da drin, Sir«, berichtete Gloth, der Anführer der handverlesenen Schar. »Ich kann sie herumlaufen sehen.«

»Ich hoffe, sie haben uns nicht reingelegt«, sagte Kang.

»Das glaube ich nicht, Sir«, stimmte Slith zu, der die schärfsten Augen von allen hatte. »Vier von ihnen sind da drin, dieselben, die mit dem Buch zusammensaßen. Ich erkenne diesen mageren Zwerg mit dem zerrupften Bart, daneben steht ein rundlicher Zwerg, und dann die zwei, die wir den Schwarzen Rittern weggeschnappt haben.«

»Und Ihr glaubt, sie gehen alle zusammen?«

»Ganz sicher, Sir. Es sind dieselben vier, denen ich beim letzten Mal gefolgt bin.«

Die brennende Sonne ging langsam unter und ließ Schatten durch den Wald schleichen. Es war eine gefährliche Zeit, weil die länger werdenden Schatten oft das Auge täuschten und einen Soldaten glauben ließen, er würde Bewegungen sehen. Ihre Mission konnte allein schon dadurch in einer Katastrophe enden, daß ein einzelner Drakonier kreischend aufsprang, um etwas anzugreifen, das gar nicht vorhanden war. Die Zwerge würden so schnell die Verfolgung aufnehmen, daß sie wahrscheinlich dabei ihre Bärte vergessen würden.

Die letzten Sonnenstrahlen vergoldeten den Gipfel des Celebund. Im Tal war es jetzt dunkel, und Kang glaubte, daß die Zwerge bald aufbrechen würden. Da stieß Slith Kang den Ellenbogen in die Rippen.

»Verdammt! Schaut mal da, Sir!«

Kang folgte seinem Blick mit dem Finger. Mit seiner Nachtsicht konnte er jetzt in der Dunkelheit besser sehen als zuvor im fahlen Dämmerlicht.

Zwanzig Zwerge in Uniformen unter Führung eines Kommandanten marschierten die Straße entlang.

»Sie haben uns gefunden!« meinte Gloth und griff zu seinem Schwert.

»Nein, wartet!« befahl Kang. »Diese Zwerge ziehen nicht in den Kampf. Oder, falls sie das tun, nicht gegen uns.«

Jetzt sahen die anderen beiden, was ihr Kommandant sofort bemerkt hatte. Zusätzlich zu ihren Waffen trugen die Zwerge umfangreiches Gepäck und Wasserschläuche auf dem Rücken. Einige hatten dicke Wanderstöcke mitgebracht.

Slith warf Kang einen Blick zu. »Was soll das?«

Kang schüttelte den Kopf. »Weiß nicht. Ich vermute, das ist ihr Kriegshäuptling, der Hund, der angeordnet hat, daß unser Dorf verbrannt wird. Ich habe ihn schon früher Befehle geben sehen.«

Der Anführer – ein großer, grauhaariger Zwerg, den Kang von früheren Überfällen her kannte – betrat das Haus. Die kleine Gruppe Zwerge scharte sich im Hof zusammen und hielt Wache. Sie warteten jedoch nicht auf Drakonier. Sie sahen gar nicht in deren Richtung. Die Zwerge blickten auf ihr eigenes Dorf zurück.

Ein paar Minuten später kamen die Bewohner des Hauses heraus, dicht gefolgt vom Kriegshäuptling. Auch diese vier trugen Packsäcke, Wasserschläuche und Waffen. Slith und Kang entdeckten beide den mageren Zwerg, der mit dem Kriegshäuptling redete.

»Ihr habt eine Falle erwähnt, Sir«, flüsterte Slith. »Etwa das da?«

Kang überlegte. Dies überraschte ihn vollkommen. »Nein, das bezweifle ich«, meinte er schließlich. »Eine Falle für uns wären eher zweihundert Zwerge, nicht zwanzig. Nein, ich glaube, sie stehen vor einem logistischen Problem, demselben wie wir – wie sollen vier Zwerge die ganze Beute zurücktragen? Ganz zu schweigen davon, daß diese Neidar in Thorbardin genauso willkommen geheißen werden dürften wie wir, wenn man sie erwischt.«

Die Zwerge zogen los.

»Ordentliche Expedition, was, Sir?« stellte Slith fest.

»Ja«, bestätigte Kang. »Irgendwie kann ich mir nicht vorstellen, daß unser mickriger kleiner Freund so etwas im Sinn hatte.«

Die Zwerge marschierten an ihnen vorbei, angeführt von ihrem Kriegshäuptling, der ausgesprochen selbstzufrieden wirkte. Der magere Zwerg und seine drei Freunde trabten mißmutig hinterher.

Kang warf einen Blick über die Schulter. »Das wär's. Gloth, fertigmachen zum Aufbruch.«

Gloth kroch ins Unterholz zurück. Auch die Drakonier waren gut ausgerüstet. Sie trugen schwere Säcke mit Proviant, dazu Werkzeug und Ausrüstung zum Tunnelgraben, Klettern und Bauen. Fünfzig Fuß lange Seile hatten sie wie Schärpen um den Leib geschlungen. Alle trugen Schwerter. Kang hatte sich mit einer Reihe magischer Sprüche eingedeckt.

Vielleicht war es Einbildung, aber seit er sein heiliges Symbol zurückhatte, erschien ihm Ihre Dunkle Majestät großzügiger. Ja, großzügiger, doch er meinte, auch eine gewisse Beunruhigung zu bemerken.

Vielleicht steckten ihre Schwarzen Ritter in Schwierigkeiten.

Gloth kam angeschlichen. »Wir sind jederzeit bereit, Sir.«

Sie brauchten nicht lange zu warten. Die Zwerge verließen das Dorf in Richtung Norden. Kein Bewohner trat vor die Tür, um zu jubeln, zu winken oder die Zwerge zu verabschieden. Der Lehnsherr hielt keine Rede, spornte seine Männer nicht zu ruhmreichen Taten an. Diese zwanzig stahlen sich im Schutze der Dunkelheit aus dem Dorf. Kang konnte den Grund erraten. Das Zwergendorf erwartete immer noch einen Angriff der Drakonier. Und diese zwanzig kräftigen Männer sollten sich eigentlich darauf vorbereiten, Haus und Hof zu verteidigen, machten sich aber statt dessen davon.

Die Zwerge hielten direkt auf den Paß des Celebundin zu. Es war eine ausgesprochen finstere Nacht, und es würde noch einige Zeit dauern, ehe Lunitari aufging, der jedoch nur eine dünne, rote Sichel sein würde, wie eine Narbe. Der schwarze Mond jedoch war voll. Kang ließ den Zwergen zehn Minuten Vorsprung.

»Aufbruch.«

Kang wies Gloth an, den Befehl weiterzugeben. Jeder Drakonier würde ihn dem nächsten in der Reihe zuflüstern. »Ich will absolute Ruhe«, wiederholte Kang. »Jeder, der auch nur hustet, bekommt zwei Monate keinen Zwergenschnaps.«

Das war eine schreckliche Drohung und völlig überflüssig, wie Kang wußte. Seine Männer waren diszipliniert, gut ausgebildet, und das hier waren die Besten der Besten. Die Drakonier schlichen am Nordrand aus dem Wald, um hinter den Zwergen herzuziehen.

Kang führte die Truppe zu dem felsigen Anfang des gut ausgetretenen Pfades, der über den Grat und seitlich am Celebund herunterführte. Jedesmal, wenn sie eine Anhöhe erreichten, konnte er die Reihe der Zwerge, deren Körper für seine Augen rötlich leuchteten, weiter vorn den Berg herunterziehen sehen.

Sie marschierten ungefähr sechs Stunden und hatten gerade den Paß überquert, als die Zwerge eine Rast einlegten. Sie machten es sich auf einem Abhang bequem, zogen die Wasserschläuche hervor und ruhten von der Anstrengung aus.

Kang ließ die Männer anhalten. Slith trat vor.

»Was ist los, Sir?« fragte er.

»Da unten ist das Gelände offener. Wir müssen eine Wiese überqueren. Wir sollten den Abstand zwischen uns und den Zwergen vergrößern. In diesem Tempo müßten wir den Bletheron dennoch bis Sonnenaufgang erreichen. Nehmen sie denselben Weg wie beim letzten Mal?«

»Haargenau, Sir.« Sliths Zunge glitt über seine Zähne. »Ich hatte recht. Sie führen uns direkt zu ihrem geheimen Zugang.«

Kangs Männer warteten. Eine halbe Stunde später packten die Zwerge zusammen und setzten ihren Marsch fort.

Die Drakonier erreichten die Ausläufer des Bletheron, als der Himmel allmählich heller wurde.

»Hier sollten wir anhalten und in Deckung gehen«, sagte Kang. »Im hellen Tageslicht wird uns sonst jeder Zwerg, der auch nur den Kopf umdreht, entdecken.«

Die Drakonier duckten sich hinter Felsen oder legten sich zwischen die Büsche. Die meisten schliefen ein. Kang und Slith wechselten sich mit der Wache ab.

Der Morgen verstrich ohne Zwischenfall. Als die Sonne den Zenit erreicht hatte und auf sie herunterbrannte, als ob sie bei lebendigem Leibe geröstet werden sollten, befand Kang, daß die Zwerge einen angemessenen Vorsprung hätten. Er weckte alle auf. Nach einer kalten Mahlzeit waren sie wieder unterwegs. Sie waren gerade auf dem Paß über den Bletheron, als die Sonne zu sinken begann.

Allmählich machte Kang sich Gedanken. Er hatte seine besten Kundschafter ausgeschickt, doch diese fanden keine Spur von den Zwergen. Natürlich war dies zwischen Steinen und Felsen schwierig. Hier hätten auch tausend Zwerge durchmarschieren können, ohne eine Spur zu hinterlassen. Dennoch war Kang unablässig höchst beunruhigt. Wenn Slith sich nun täuschte? Wenn die Zwerge nun einen anderen Weg eingeschlagen hatten?

Kang winkte Slith und Gloth herbei, damit sie sich ihm an der Spitze anschlossen.

»Ich habe sie zu weit vorausziehen lassen. Wir müssen Zeit aufholen. Die Zwerge sind uns einen guten halben Tagesmarsch voraus. Sie haben letzte Nacht nicht angehalten, also vermute ich, daß sie heute nacht richtig Rast machen. Wißt Ihr, wo?«

Slith nickte. »Wahrscheinlich kampieren sie vor dem Helefundisgrat auf der anderen Seite des Prenechial, genau wie beim letzten Mal, als ich ihnen gefolgt bin.«

»Sie werden uns sofort entdecken, wenn wir den Grat erreichen. Da oben können wir uns nicht verstecken«, befand Gloth. »Und wir können sie nicht zu weit vorausziehen lassen, sonst schlüpfen sie nach Thorbardin hinein, und wir finden ihren Zugang nie.«

Kang nickte. »Macht Euch darum keine Gedanken. Ich habe einen Spruch im Sinn, der dieses Problem lösen wird. Zunächst müssen wir uns vergewissern, daß wir auf der richtigen Fährte sind!«

Die Truppe marschierte weiter. Bis Mitternacht hatten sie den Prenechial hinter sich und kletterten vom Helefundisgrat empor. Kang suchte sich gerade einen Weg durch einen Haufen Felsen und fand, dies wäre ein guter Ort für ein Nachtlager, als er beinahe auf einen schlummernden Zwerg getreten wäre.

Kang blieb so plötzlich stehen, daß er beinahe mit der Schnauze voran den Berg hinuntergestürzt wäre.

Sein erster Gedanke war: Nun haben wir sie doch noch gefunden.

Sein zweiter: Die Zwerge haben uns gefunden.

Kapitel 8

Während Kang sich langsam und vorsichtig zurückzog, achtete er auf jeden einzelnen Schritt. Wenn er auch nur ein Steinchen lostrat, würde es den Berg hinunterrollen und sie verraten. Als er außer Sichtweite des schlafenden Zwergs und in Sichtweite seiner Männer war, gab Kang hektische Handzeichen, um die Drakonier augenblicklich zum Anhalten zu veranlassen.

Sie erstarrten an Ort und Stelle.

Während Kang auf Alarmrufe aus dem Zwergenlager lauschte, suchte er verzweifelt Deckung für seine Männer. Auf der anderen Seite des Weges klammerten sich ein paar halbverdorrte Büsche an den Felsen. Er schlich auf das Buschwerk zu, wobei er mit Hilfe seiner Flügel Gewicht von seinen Füßen nahm, um sowohl den Lärm zu mindern als auch die Gefahr, auszurutschen und zu stürzen. Die Truppe folgte ihm im Gänsemarsch.

Nachdem die Drakonier die Büsche umrundet hatten, duckten sie sich und legten sich auf der anderen Seite hin.

Slith war der letzte in der Reihe. Kang hatte keine Silbe gesagt, aber jeder Soldat hatte erraten, was vorgefallen war.

»Ich glaube nicht, daß uns jemand gehört hat«, flüsterte Slith.

Kang antwortete mit einem Nicken. Er hatte befürchtet, die Zwerge hätten im Hinterhalt gelegen, aber das schien nicht der Fall zu sein. Er gestattete sich, wieder zu atmen.

Slith zog sein Schwert, dann legte er sich auf den Boden.

Kang tat es ihm nach. Die Drakonier warteten. Diesmal schlief keiner ein.

Seit Monaten hatte keine Wolke mehr am Himmel gestanden, aber Kang war der Meinung, daß die Königin der Finsternis eigentlich aus Interesse an ihrer Sache anderntags einen Sturm schicken könnte. Die Zwerge würden in einem peitschenden Regenguß kaum bemerken, daß sie verfolgt wurden, und die Drakonier könnten nahe genug heranschleichen, um festzustellen, wo die Zwerge in den Berg eindrangen.

Doch Ihre Dunkle Majestät hatte nicht die Absicht, ihnen zu helfen. Ein klarer, sonniger Morgen brach an. Selbst ein blinder Zwerg konnte sie bei solchem Wetter sehen.

Aus dem Zwergenlager waren Geräusche zu vernehmen. Kang riskierte es, sich aufzurichten, und entdeckte zwei Zwerge, die hinter einem Felsen ihr morgendliches Geschäft verrichteten. Dann hörte man Töpfe klappern und gutgelaunte Flüche. Die Zwerge bereiteten ihr Frühstück zu. Danach packten sie zusammen und brachen auf.

Kang hielt seine Männer zwei Stunden lang versteckt, ehe er ihnen gestattete, sich zu rühren. Er befahl der Truppe zu essen und schickte einen Spähtrupp los.

Die Kundschafter kamen mit guten Nachrichten zurück. »Wir konnten sie aus der Ferne sehen, als sie hintereinander über den Grat liefen. Vor Einbruch der Nacht müßten sie die andere Seite erreicht haben, Sir.«

»Slith, Gloth, hier herüber.« Kang erklärte ihnen seinen Plan. »Wir müssen den Grat heute nacht im Schutze der Dunkelheit überqueren. Ich glaube nicht, daß wir Angst haben müssen, gesehen zu werden. Wir sind dicht bei Thorbardin. Ihr geheimer Zugang muß in der Nähe sein, und wahrscheinlich sind die Zwerge schon unter der Erde, bevor wir überhaupt am Grat ankommen. Wenn wir dann dort sind, warten wir bis Tagesanbruch, bevor wir den verborgenen Zugang suchen. Ich werde unsere Königin um Zaubersprüche bitten.«

Alles lief wie geplant. Die Truppe erreichte den Grat, ohne einen Zwerg zu sehen, so daß sie darauf vertrauten, daß die Zwerge sie ebenfalls nicht entdeckt hatten.

Kang überzeugte sich davon, daß die Wache aufgestellt war. Dann wühlte er in seinem Rucksack herum, zog sein kürzlich wiedererlangtes heiliges Symbol heraus und begann mit dem Medaillon in der Hand, ein trockenes Bachbett hinaufzuklettern, dessen Wasser in dem glühend heißen Sommer längst verdunstet war. Er hatte einen Blick auf etwas dort oben erhascht, das er für eine Höhle hielt – ein perfekter Ort für seine Kontaktaufnahme mit Ihrer Dunklen Majestät.

Das Bachbett wand sich um einen großen, flachen Felsvorsprung, der genau über dem Platz herausragte, wo seine Männer ausruhten. Hier war das Vorwärtskommen etwas schwierig. Kang war gezwungen, Hände, Füße, Schwanz und Flügel zu benutzen, um das letzte Stück zu überwinden. Er schaffte es. Als er sich gerade aufgerichtet hatte und seine Hände sauberwischte, bemerkte er plötzlich, daß er nicht allein war. Hier oben war jemand. In der Höhle versteckte sich jemand.

Ein Mensch, dem Geruch nach zu urteilen. Einem Geruch, den er sehr gut kannte.

Kang war ein leichtes Ziel, denn er stand mitten im prallen Sonnenlicht auf dem Felsplateau. Nun, es war nicht zu ändern.

Während er seine Sorglosigkeit verwünschte, spähte er in die Finsternis der Höhle.

»Ihr könnt herauskommen, Huzzad«, sagte er leise. »Ich weiß, daß Ihr da drin seid.«

Zunächst hörte er keine Bewegung. Er erstarrte, denn er wartete auf den Pfeil, der aus der Dunkelheit zischen und seinem Leben ein Ende setzen würde.

Er konnte immer noch um Hilfe rufen. Im Gegensatz zu Kang, der klettern mußte, konnten Slith und seine Sivaks den Berg hochfliegen. Sie würden nicht mehr rechtzeitig ankommen, um ihren Kommandanten zu retten, aber sie konnten wenigstens an seinen Mördern Rache üben.

Aber, nein. Kang überlegte. Das ergab keinen Sinn. Wenn ihnen eine Schar Bogenschützen auf den Fersen war, hätten diese sie schon längst töten können. Ihn und alle anderen. Und jetzt, wo er näher war, witterte er nur einen Menschen, eine Frau. Huzzad war allein. Vielleicht erwartete sie, daß die Drakonier von ihrer Autorität, ihrem Rang und ihrem Status als Ritterin der Takhisis eingeschüchtert sein würden, vielleicht sogar dadurch, daß sie ein Mensch war. Vielleicht stellte sie sich vor, sie wären so beeindruckt, daß sie sich einfach ergaben.

Kang erhob die Hände und öffnete sie. »Ich bin unbewaffnet. Meine Männer schlafen unten. Ihr seid mit mir allein, Huzzad. Wenn Ihr hergekommen seid, um es uns heimzuzahlen, dann sollten wir zwei das unter uns ausmachen.«

Die Ritterin trat aus der Höhle.

Sie trug Lederrüstung, keinen Plattenpanzer, und Lederhosen. Ihre Arme waren nackt. Wegen der Hitze hatte sie kein Hemd an. Offensichtlich war sie nicht auf Kampf aus. Ihre roten Haare hingen in zwei schlaffen Zöpfen über ihren Rücken. Sie trug ein Schwert, doch es steckte in seiner Scheide. Ihre Hand lag allerdings am Heft. Aus dem Schatten der Höhle sah sie Kang mit kühler Berechnung an. Dann winkte sie.

»Kommt herein, aus der Sonne raus. Ich bin allein«, fügte sie hinzu.

»Ich nicht«, erklärte Kang trocken. »Ich habe da unten zwanzig Männer. Zwanzig Mann, die sich nichts Schöneres vorstellen könnten, als Eure roten Zöpfe an ihren Gürteln hängen zu haben. Wir gehen nicht zurück, meine Dame. Nichts, was Ihr tun oder sagen könnt, wird unsere Meinung ändern. Wir sind Krieger. Keine Scheißlochgräber. Und, zur Hölle, wir werden nicht zurückkommen und uns als Deserteure hinrichten lassen.«

Huzzad legte den Kopf schräg und blinzelte, um ihn besser sehen zu können. Die Sonne strahlte gnadenlos auf die Felsen. »Aber das ist es, was Ihr seid, Drakonier. Deserteure.«

»Nein, meine Dame.« Kang sprach aus tiefstem Herzen. »Wir waren übereingekommen, daß wir als Pioniere arbeiten würden. Euer Kommandant hat unsere Bedingungen angenommen, dann hat er sich darüber hinweggesetzt. Man konnte durchaus sagen, daß der Ritterlord von uns desertiert ist.«

Huzzads Mundwinkel zuckten, und dann begann sie zu Kangs Erstaunen zu lachen. Sie lachte, bis ihr die Tränen in die Augen traten. Sie wischte mit der Hand über ihre Augen und nahm sie dazu vom Schwertgriff.

»Ich würde zu gern das Gesicht meines Herrn sehen, wenn Ihr ihm dieses Argument entgegenhaltet, Kang.« Seufzend schüttelte sie den Kopf. »Wer weiß? Vielleicht ist mein Herr nicht mehr am Leben. Ich bin nicht hier, um Euch und Eure Männer zu bestrafen, Kommandant. Ja, ich wurde ausgeschickt, um Euch zu suchen, und ich bin Euch schon seit Tagen gefolgt. Wenn ich Euch hätte töten wollen, hätte ich das längst tun können. Gebt Ihr das zu?«

Kang nickte kurz, ohne sie aus den Augen zu lassen.

Was sie als nächstes zu sagen hatte, schien ihr etwas schwerzufallen. Sie fuhr mit der Hand durch ihr schweißnasses Haar und starrte zum Horizont hinaus. »Ich habe Befehl, Euch mitzuteilen, daß Euch in der Armee der Takhisis eine neue Aufgabe zugewiesen wurde, Kommandant.«

Kang grunzte. »Oh, also habt Ihr jetzt Arbeit für uns. Eine schmutzige, möchte ich wetten. Brauchen wir dazu Spaten?«

Sie wurde rot vor Zorn, doch diese Anwandlung ging gleich vorüber. Ihr Blick kehrte zu Kang zurück. »In dieser Welt geschehen seltsame und schreckliche Dinge. Dinge, von denen Ihr vermutlich nichts wißt. Kommt bitte herein, Kommandant. Wir müssen uns unterhalten.«

Kang zuckte mit den Schultern und betrat die Höhle. Sie

war nicht tief, eher eine Felsnische als eine richtige Höhle. Ein Blick verriet ihm, daß sie die Wahrheit gesprochen hatte. Huzzad war allein. Kang setzte sich auf den Boden. Huzzad nahm neben ihm auf einem kleinen Felsen Platz.

Mit verschränkten Händen stützte sie ihre Ellenbogen auf die Knie. Kang bemerkte, daß die Knöchel ihrer Hand weiß waren. Jetzt, wo sie der glutheißen Sonne entronnen waren, sah er die Anspannung auf ihrem Gesicht.

Sie hatte ihn hereingerufen, um zu reden, doch nun überlegte sie schweigend.

»Ihr habt angedeutet, daß Euer Herr tot sei. Die Elfen waren anscheinend zäher, als Ihr dachtet«, vermutete Kang.

»Elfen!« Huzzad schnaubte. »Zäh! Qualinesti fiel an Lord Ariakans Truppen, noch ehe unsere Division überhaupt ankam. Zum ersten Mal in der Geschichte von Krynn kontrollieren die Truppen Ihrer Dunklen Majestät Ansalon, Kang. Oh, gewiß gibt es noch Widerstandsnester. Thorbardin zum Beispiel. Aber die Zwerge sind drinnen eingeschlossen und keine Bedrohung für uns, darum lassen wir sie dort. Der Turm des Oberklerikers ist unser, genau wie Palanthas und der Rest von Solamnia. Die verfluchten Drachen des Paladins mußten fliehen.

Süd- und Nordergod gehören uns. Wir beherrschen die hohe See. Pax Tharkas ist gefallen, Solace gehört uns, selbst Kenderheim.« Sie verzog das Gesicht. »Die armen Ritter, die dort Dienst schieben. Der Sieg ist unser, Kang. Sieg für Ihre Majestät.«

Kang holte tief Luft. Er hatte gewußt, daß die Ritter gut waren, aber das hatte er nicht erwartet. Endlich der Sieg. Die Ritter beherrschten Ansalon.

Takhisis würde regieren.

Warum also Huzzads weißverkrampften Hände? Warum war sie von ihrem Kommandanten zu den Drakoniern geschickt worden? Warum hegte sie Zweifel, ob ihr Kommandant noch lebte? Der Krieg war gewonnen und so gut wie vorbei. Kang kam ein erschreckender Gedanke.

»Euer Herr beabsichtigt doch nicht etwa, uns in Kenderheim einzusetzen?«

»Nein.« Huzzad lächelte flüchtig. Wieder schwieg sie einen Moment, dann sagte sie unvermittelt: »Mein Herr hat Euch von der Vision erzählt?«

Kang nickte, fragte sich aber, was der plötzliche Themawechsel zu bedeuten hatte.

»Die Vision vermittelt jedem Ritter ein klares Verständnis der Ziele der Ritterschaft«, erklärte Huzzad. Ihr Blick glitt in das helle Sonnenlicht außerhalb der Höhle. »Die Vision enthüllt dem Ritter seinen persönlichen Anteil an den Plänen Ihrer Dunklen Majestät. Die Vision kommt zum ersten Mal bei unserem Ritterschlag, danach viele Male, denn sie verändert sich im Laufe der Zeit.«

Ihr Blick suchte wieder Kang. Eine Falte durchschnitt ihre Stirn. Die Knöchel ihrer gefalteten Hände wurden noch weißer, als ob die Haut abgezogen wäre und die bloßen Knochen hervorträten.

»In den letzten zwei Wochen hat mein Herr eine neue, entsetzliche Vision empfangen, Kang. Und er ist nicht der einzige. Dieselbe Vision hatten viele in der Ritterschaft.«

Aha, jetzt kommen wir langsam zur Sache, dachte Kang. »Und was ist das für eine Vision, Geschwaderführer?«

»Der Turm des Oberklerikers wird angegriffen –«

»Ritter von Solamnia«, sagte Kang angewidert.

»Nein, nicht die Ritter. Die Solamnier«, sie machte eine Pause und klang beeindruckt, »stehen auf unserer Seite! Wir kämpfen gegen entsetzliche Wesen, Dämonen, die nicht von dieser Welt sind. Oder vielleicht sind sie von dieser Welt, saßen aber in der unergründlichen Finsternis unter dem Abgrund gefangen – bis jetzt. Jetzt schwärmen sie über die Mauern des Turms des Oberklerikers. Jeder, den sie berühren, wird zu nichts. Nicht einmal die Erinnerung an seine Existenz bleibt zurück. Es heißt, selbst die Toten fürchten diese Dämonen – Lord Ariakan fällt, tödlich verwundet. Die Götter in den Himmeln kämpfen. Die Götter kämpfen, und sie verlieren.«

Huzzad sprach mit gedämpfter Stimme. Ihr Gesicht war bleich, ihre Augen gehetzt. Sie sah die Vision wieder deutlich vor sich. »Eine Gruppe Helden reitet gegen den Vater der Dämonen in die Schlacht. Der Vater von Allem, der Vater der Götter. Chaos. Er hat diese Ungeheuer geschickt, die uns zerstören, unsere Sonne vom Himmel reißen und uns in das Nichts zurückstoßen sollen, aus dem wir stammen. Keine Erinnerung an uns wird zurückbleiben, an keinen von uns.«

Ein Schauer ließ Kangs Schuppen klicken. Die Drakonier mochten verschwinden, wenn ihre Suche nach den Eiern fehlschlug, aber zumindest würde man sich an sie erinnern. Ihre Taten während des Kriegs der Lanze wurden schon jetzt von den Barden in ganz Ansalon besungen. Die Lieder waren nicht gerade schmeichelhaft und berichteten zumeist, wie der eine oder andere Held die bösen Heerscharen der Königin der Finsternis besiegt hatte. Aber zumindest würde sich überhaupt jemand an sie erinnern. Zumindest würde überhaupt jemand singen.

Kang versuchte, sich das Nichts vorzustellen. All der Schmerz, das Leiden, die Liebe, der Haß, das Lachen, die Scherze, die Helden, das Gewöhnliche, alles für nichts, reduziert zu nichts.

»Was geschieht?« fragte Kang, dessen Mund ausgetrocknet war.

»Die Helden werden besiegt«, sagte Huzzad leise. »Die Welt fällt Chaos in die Hände, und es zerquetscht sie und wischt sich den Staub von den Fingern.«

Kang zwinkerte. »Das ist also unser Ende? Was sollen wir tun? Hier herumsitzen und auf unseren Tod warten?«

»Keineswegs«, sagte Huzzad scharf. Sie schüttelte die Vision ab und besann sich auf ihre Pflicht. »Die Vision ändert sich stetig. Was ich in der Zukunft gesehen habe, wird vielleicht niemals eintreten. Vielleicht wird es teilweise eintreten, oder es tritt überhaupt nicht ein. Wir alle wirken bei der Gestaltung der Vision mit. In gewisser Weise ist das eine große Ehre für uns, denn wir erhalten Gelegenheit, an der Seite der Götter zu kämpfen. Ihr zieht nach Thorbardin, Kommandant, nicht wahr?«

Sie warf das so plötzlich ein, daß sie Kang damit überraschte. Er zuckte mit den Schultern und sagte: »Ach? Das ist mir neu.«

Lächelnd streckte Huzzad die Hand aus und nahm Kangs Klauenhand. Erstaunt starrte er die festen, schlanken, schwieligen Finger an, die seine Schuppenhaut hielten. Es war das erste Mal, daß ein Mensch ihn freiwillig berührte. Ihre Hand war warm, und ihr Griff fest.

»Ihr wart Teil meiner Vision, Kang. Deshalb hat der Kommandant mich zu Euch geschickt. Ich habe eine Botschaft für Euch. Eine Botschaft von Ihrer Dunklen Majestät.

Sie ist mit Euch sehr zufrieden, Kommandant Kang. Ihr habt viele Jahre in feindlicher Umgebung überlebt und seid ihr die ganze Zeit treu geblieben. Ihr habt Intelligenz und Weisheit bewiesen. Andere hätten die Zwerge in Eurem Tal getötet. Aber indem Ihr Euren Feinden das Leben schenktet, konntet Ihr wiederum von ihnen leben. Eure Weisheit ist belohnt worden. Die Zwerge sind auf einen wertvollen, wirklich sehr wertvollen Schatz gestoßen. Und damit meine ich nicht Stahl oder Edelsteine.«

Kang starrte Huzzad an. Seine Hand zitterte. Huzzad konnte nicht von den Zwergen wissen. Kang hatte ihr nie von ihnen erzählt. Und sie konnte gewiß nichts von der Schatzkarte wissen. Diese Botschaft kam tatsächlich von der Königin. Demütig und dankbar senkte Kang den Kopf.

Huzzads Griff um seine Hand wurde fester.

»In einer Kiste mit meinen Symbolen liegen zehn Dracheneier: zwei goldene, zwei silberne, zwei bronzene, zwei kupferne, zwei messingfarbene. Sie enthalten weibliche Drakonier. Die Weibchen sind am Leben, das heißt, sie werden es sein, wenn der letzte Spruch vollendet ist.«

Kang sank das Herz, seine Hoffnungen zerbarsten.

»Und wie kann dieser Spruch vollendet werden?« fragte Kang bitter. »Wir haben keine dunklen Kleriker dabei, keine schwarzen Zauberer.«

»Die braucht ihr nicht«, sagte Huzzad ruhig. »Ihre Arbeit ist getan. Ihr braucht nur einen Stab, einen ganz besonderen Stab.«

»Wie werde ich ihn erkennen?«

»Der Stab besteht aus Onyx und ist so lang wie Euer Unterarm. Die Körper von fünf Drachen winden sich darum, jeder Drache aus kostbaren Edelsteinen gestaltet. An der Spitze berühren sich die Drachenköpfe, am Ende verschlingen sich ihre Schwänze. Das Wissen, wie dieser Stab zu benutzen ist, wird zu Euch kommen, sobald Ihr es braucht. Sprecht meinen Namen aus. Mehr ist nicht nötig. Der Stab wird den Rest erledigen.«

»Danke, Geschwaderführer. Sagt Ihrer Majestät« – Kang war ergriffen –, »daß ich nicht weiß, wie ich ihr danken soll.«

»Sie schon«, sagte Huzzad, deren Stimme ernst wurde. »Tief in Thorbardin leben jene, die – wenn man sie nicht aufhält – Krynns Untergang sein werden.«

»Wir werden sie vernichten!« gelobte Kang mit geballter Faust. »Wenn Ihr wünscht, daß wir jeden Zwerg in Thorbardin, jeden Zwerg auf Ansalon umbringen, werden wir das tun!«

»Keine Zwerge, Kang«, sagte Huzzad. »Habt Ihr nicht zugehört? Der Feind, dem Ihr Euch stellen sollt, ist weitaus schrecklicher als jeder lebende Feind, den Ihr auf Krynn antreffen könntet. Es sind Kreaturen von Chaos.«

»Was sind sie?« fragte Kang.

Huzzad starrte intensiv in die Finsternis, wieder in die Vision. Schließlich schüttelte sie den Kopf. »Nein, dazu kann ich nichts sagen. Alles, was ich sehe, ist Feuer, in dessen Flammen die Helden verglühen und sterben. Ich sehe, wie die Welt verglüht und stirbt. Es tut mir leid, Kang. Mehr sehe ich nicht. Hier endet meine Vision und auch meine Botschaft.«

»Woher sollen wir dann wissen, wogegen wir kämpfen sollen?« fragte Kang niedergeschlagen. »Woher sollen wir wissen, daß wir diese Dämonen gefunden haben – die Feinde der Königin der Finsternis?«

»Ihr werdet ihr Zeichen finden. Dieses Zeichen.« Huzzad ließ Kangs Hand los. Mit dem Finger fuhr sie um das Abbild des fünfköpfigen Drachen auf seinem Brustpanzer herum. »Dann werdet Ihr wissen, daß alles, was Ihr tut, für Ihre Dunkle Majestät ist, auf ihr Geheiß und mit ihrem Segen.«

Huzzad stand auf. »Das ist meine Botschaft, Kang. Es tut mir leid, wenn sie nicht klar genug ist. Ich hoffe, Ihr findet die Eier. Ich hoffe, daß Eure Rasse weiterlebt.«

Kang stand auf. »Ich hoffe, daß wir alle überleben. Danke, Geschwaderführer. Danke für Euer Kommen. Ihr habt mir große Hoffnung gegeben.«

Die beiden gingen zum Höhleneingang und blieben stehen. Keiner wollte in die brütende Sonne hinaustreten.

»Wir sind dicht bei Thorbardin. Die Zwerge schicken mitunter Patrouillen durch dieses Gebiet. Braucht Ihr eine Eskorte?« erkundigte sich Kang. »Ich könnte zwei meiner Männer abstellen …«

»Nein, danke, Kang.« Huzzad griff unter ihre Lederrüstung und zog ein Amulett von einem roten Drachen an einer Silberkette heraus. »Mein Drache ist in der Nähe.«

»Also, auf Wiedersehen«, sagte Kang, um dann hinzuzufügen: »Wohin zieht Ihr jetzt?«

»Zum Turm des Oberklerikers«, erwiderte Huzzad. »Wer

weiß? Vielleicht werde ich unter den Helden sein, die jenen letzten, schicksalhaften Angriff führen. Lebt wohl, Kommandant.«

»Lebt wohl, Geschwaderführer«, sagte Kang. »Mögen der Ruhm und die Königin der Finsternis Euch begleiten.«

Huzzad verließ die Höhle. Sie folgte einem Pfad, der sie höher auf den Berg führte. Kang blickte ihr hinterher, bis sie außer Sichtweite war. Selbst danach blieb er noch eine Zeitlang am Höhleneingang stehen, dachte über das Gesagte nach und ließ sich ihre Worte noch einmal durch den Kopf gehen.

Kang zog das heilige Symbol heraus. Er hielt es auf seiner Handfläche. Dann streckte er es der heißen Sonne entgegen. Ihm kam es so vor, als hätte das Symbol einen roten Rand, als wäre es in Blut getaucht.

Demütig sank er auf die Knie und dankte Ihrer Dunklen Majestät für ihre Güte. Der Zwerg hatte die Wahrheit gesprochen. Die Eier waren Drakoniereier, von weiblichen Drakoniern! Endlich gab es für ihn und seine Männer eine Zukunft.

Selbst in seiner Freude übersah Kang nicht die grausame Ironie. Jetzt, wo sie endlich einen Grund zum Weiterleben gefunden hatten, versprach er ihr Leben dafür, gegen diese Kreaturen von Chaos zu kämpfen, was immer diese auch sein mochten.

Doch selbst wenn nur ein paar Drakonier diese Schlacht überdauerten und – Kang schwelgte in dem Gedanken – die jungen Drakonierweibchen aus ihrem Gefängnis in den Eierschalen gerettet werden konnten, war ihre Zukunft gesichert.

Kapitel 9

Als Kang erwachte, stellte er fest, daß die Nacht bereits hereinbrach. Er war müde, doch die Wärme der Bestätigung durch seine Königin linderte seine Erschöpfung. Außerdem hatte sie ihm die Sprüche geschenkt, um die er gebeten hatte. Es war Zeit zum Weiterziehen.

Als er zum Lager zurückkehrte, wachte Slith gerade auf.

»Habt Ihr auch geschlafen, Sir?« fragte Slith.

»Etwas«, sagte Kang.

Er überlegte, ob er Slith von seiner Begegnung mit Huzzad und von der Botschaft der Königin erzählen sollte. Kang verwarf die Idee. Slith war ein ausgezeichneter Soldat und der beste Freund, den Kang auf dieser Welt hatte, doch wenn es um Menschen ging, wurde Slith zynisch. Er würde sofort anfangen, Huzzads Geschichte zu zerpflücken, und binnen kurzem würde er Kang soweit haben, daß er an Huzzad, an der Königin und an sich selbst zweifelte.

Nein, lieber die Hoffnung und die Furcht zusammen in sich verschließen.

☆☆☆

Die Drakonier marschierten, sobald die Sonne ganz gesunken war. Der Helefundispaß war schwierig zu überqueren. Die Drakonier seilten sich aus Sicherheitsgründen an. Kang befahl jedem, sich mit Stoffetzen das Maul zuzubinden. Falls jemand abstürzte, wollte Kang auf diese Weise verhindern, daß sein Schrei sie verriet.

Die Truppe verbrachte die ganze Nacht mit der Überquerung des Passes. Erst eine Stunde vor Sonnenaufgang erreichten sie die andere Seite. Kang ließ Rast machen.

»Ruhen wir uns aus, solange wir können. Sobald es hell wird, beginnen wir mit der Suche.«

Die Sonne ging auf, brannte auf die Kharolisberge herunter und überflutete die Täler mit ihrer Hitze. Vor ihnen lag, im Berg verborgen, die große Zwergenstadt Thorbardin, deren Tore gegen die Bedrohung durch die Schwarzen Ritter verschlossen waren. Tausende von Zwergen saßen dort drin und erwarteten einen Angriff. Und Kang mit seinen zwanzig Drakoniern wollte sich hineinschleichen.

Kang malte sich aus, was geschehen würde, wenn er und seine kleine Schar entdeckt würden. Dann würde sich keiner um Gräber kümmern müssen, soviel stand fest.

Als es hell war, befahl Gloth den Männern, auszuschwärmen und nach der Spur der Zwerge zu suchen.

Es sollte nicht lange dauern, bis Slith rief: »Hier, Sir!«

Kang eilte zu ihm. Das Gras war niedergetreten und ein Zweig an einem Busch abgebrochen.

»Wir beide folgen der Spur. Ihr anderen bleibt hier. Oh, und Slith: Laßt alles Seil, das Ihr dabeihabt, zurück.«

Slith schien dieser eigenartige Befehl zu überraschen, tat jedoch, was sein Kommandant gesagt hatte. Er und Kang übernahmen es, dem Pfad zu folgen, der ausgesprochen deutlich war. Sie fanden sogar Brotreste und andere weggeworfene Proviantreste. Die Zwerge gaben sich keinerlei Mühe, ihre Spuren zu verwischen. Anscheinend hatten sie keine Ahnung, daß sie verfolgt wurden.

»Oder sie locken uns mit Brotkrumen wie diese Hexe in dem Kendermärchen«, sagte Slith. »Am Ende hat sie die Kinder gebraten, soweit ich weiß.«

»Wir werden schon sehen, wer wen brät, wenn es soweit ist«, knurrte Kang.

Sie kamen fast eine Meile gut voran, bis die Spur unerklärlicherweise verschwand. Die Drakonier standen vor einer Felswand, die allem Anschein nach massiv war.

»Was jetzt, Sir?« fragte Slith.

»Ich habe einen Spruch, der es mir gestattet, bestimmte Dinge zu finden. Ich bin der Meinung, wenn die Zwerge in den Berg eindringen, indem sie einen geheimen Eingang benutzen, dann muß es sich bei diesem Eingang um einen alten Minenschacht oder vielleicht ein Lüftungsloch handeln. Was sollte es sonst sein?«

Slith dachte darüber nach. »Richtig, Sir.«

»Und wenn es so ist, dann müssen sie Seile benutzen, um sich hinunterzulassen. Ich spreche einen Zauberspruch, der nach Seilen sucht.«

»Das ist genial, Sir.« Slith war beeindruckt. »Und so einfach. Deshalb sollte ich mein Seil zurücklassen.«

»Wo Ihr seid, weiß ich schon«, sagte Kang grinsend.

»Und wenn sie nun kein Seil benutzt haben, Sir?«

Kang grunzte. »Dann haben wir ein Problem. Hoffen wir einfach, daß dem nicht so ist.«

Er hielt einen gegabelten Stock in der rechten Hand. Nachdem er die Worte des Zaubers gesprochen hatte, zeichnete er mit der linken Hand ein Symbol in die Luft und streckte den Stock aus. Er und Slith starrten ihn erwartungsvoll an.

Der Stock regte sich nicht.

»Verdammt! Der Eingang muß doch hier irgendwo sein! Die verdammten Zwerge sind doch nicht davongeflogen. Sucht im Norden nach Spuren«, sagte Kang frustriert. »Ich folge dieser Wand nach Süden. Fünfhundert Schritt, dann treffen wir uns hier wieder.«

»Nun?« fragte Kang, nachdem sie zurückgekehrt waren.

»Ich habe nichts gefunden, Sir. Soll ich den Rest der Truppe herrufen?«

»Nein, die haben viel zu viele Seile dabei.« Kang dachte

über die Sache nach. »Gehen wir einmal logisch vor. Ein Minenschacht oder ein Luftloch muß etwas oberhalb des Bodens herauskommen. Sonst würde die Mine unten bei jedem Regen vollaufen.«

»Ihr habt recht, Sir. Daran habe ich gar nicht gedacht.« Slith sah sich um. Plötzlich zeigte er nach Westen. »Wie wär's denn mit dort oben?«

Er zeigte auf einen kleinen Felsvorsprung mehrere hundert Schritt entfernt. Er und Kang eilten hinüber und suchten unterwegs nach Spuren.

»Aha!« Slith zeigte auf einen kleinen Fichtenschößling, der niedergetrampelt war.

Kang kletterte auf den ersten Felsen, der zu dem Vorsprung führte. Er versuchte es noch einmal mit seinem Spruch. Diesmal bewegte sich der Stock in seiner Hand, und zwar so heftig, daß er ihn beinahe fallen gelassen hätte. Der Stock zeigte nach oben.

Aufgeregt kletterte Kang auf den nächsten Felsen, wo ihm der Weg jedoch durch Brombeerbüsche versperrt wurde. Der gegabelte Stock zeigte direkt auf die Dornen.

»Seht Euch das an, Sir!« schrie Slith.

Er zog ein paar braune Haarsträhnen aus den Brombeerbüschen. »Die stammen von einem Zwergenbart, oder meine Flügel sollen nicht mehr schlagen. Und seht Ihr, Sir? Da ist noch mehr zertreten und noch mehr Haare, und hier ist ein Stoffetzen. Sie sind hiergewesen, das steht fest.«

Kang bahnte sich einen Weg durch die Dornen, die seiner Schuppenhaut wenig anhaben konnten. Unter dem Dornengestrüpp fanden sie einen großen Steindeckel, der wie ein Pfropfen im Berg erschien.

»Erst mal weg mit dem Zeug«, sagte Slith, zog sein Schwert und ging auf die Brombeeren los.

Kang steckte seinen Stock wieder ein. Die beiden hackten die Dornen von dem Steindeckel weg. Nachdem dies vollbracht war, packte jeder eine Seite des Steins. Er ließ sich leicht anheben.

Unter ihnen klaffte ein Schacht, der senkrecht nach unten führte und sich in der Finsternis verlor. Das Sonnenlicht zeigte deutlich die Seile, die an Kletterhaken in der Wand befestigt waren.

»Wir sind drin!« stellte Kang fest.

Kapitel 10

Die Zwerge kletterten die Seile hinunter, die in den Luftschacht führten. Ihr Abstieg war von unaufhörlichem Poltern, Fluchen und Reden begleitet, das sie für lautes Flüstern hielten, wohingegen andere Rassen es als Schreien bezeichnet hätten.

Selquist, der sie anführte, zuckte immer wieder zusammen. Thorbardin war ein beträchtliches Stück entfernt, aber bei dem Lärm, den seine Begleiter machten, wäre er nicht überrascht gewesen, bei ihrer Ankunft unten jeden Hylarzwerg aus weitem Umkreis auf sie warten zu sehen. Das schlimmste daran war, daß Hammerkopf und seine Soldaten glaubten, sie bewegten sich heimlich und verstohlen.

»Versucht, etwas leiser zu sein!« wagte er leise zu rufen, als er unten angelangt war.

»Was hat er gesagt?« donnerte Hammerkopf.

»Weiß nicht, hab' nichts verstanden«, kamen mehrere laute Erwiderungen zurück. Zudem fiel ein Pickel herunter, der mit unheilvollem Klirren auf dem Boden auftraf und Selquist fast den Fuß abgehackt hätte.

»Chemosh hole euch alle«, murmelte Selquist in seinen Bart. »Was ist denn jetzt wieder los?« fragte er Mortar, der als nächster folgte.

Der Zwerg landete und schüttelte den Kopf. »Es ist nicht richtig«, sagte er. »Es ist einfach nicht richtig.«

»Was ist nicht richtig?« Selquist dachte, oben wäre etwas schiefgegangen.

»Ich sollte nicht hier sein«, sagte Mortar mit gedämpfter Stimme. »Ich habe Reorx versprochen, ich würde nie wieder stehlen, und –«

»Oh, bei der Liebe –« Selquist seufzte. »Wir haben das doch alles besprochen, Mortar. Was wir tun, ist kein Diebstahl. Das Stehlen wurde uns längst abgenommen. Wir handeln nur«, er suchte nach dem passenden Wort, »wirtschaftlich. Wir nutzen wertvolle Güter, die andernfalls verrotten würden.«

Mortar zögerte und überlegte sich diesen neuen Gedanken. »Wir nehmen keine gestohlene Ware entgegen?«

»Nein, nein«, beruhigte ihn Selquist. »Dieses Verbrechen ist längst verjährt. Die Besitzer haben die Versicherung schon kassiert. Sie wollen das Zeug gar nicht zurück. Jeder kann es sich nehmen.«

»Oh.« Mortar ließ es sich durch den Kopf gehen, fand Gefallen an dem Gedanken und wartete darauf, diese Information an seinen Bruder weiterzugeben, der jetzt herabstieg.

Selquist schüttelte den Kopf. Als ob er nicht schon genug Probleme hätte – jetzt mußte er auch noch mit einem Zwerg fertig werden, der plötzlich ein schlechtes Gewissen hatte. An manchen Tagen lohnte es sich einfach nicht, aus dem Bett zu steigen. Nachdem er Auger ergriffen hatte, der gerade gelandet war, nahm Selquist diesen ins Schlepptau und hastete zum anderen Seil hinüber, an dem die Soldaten herunterpolterten.

Hammerkopf hatte endlich den Boden erreicht. Nun stand er unten und rief denen, die noch oben waren, aufmunternde Worte zu.

Selquist hielt sich bewundernswert im Zaum und erdrosselte den Kriegshäuptling nicht.

»Hammelkopf«, sagte er und piekste dem Häuptling in den Rücken.

»Häh?« Hammerkopf zuckte zusammen und drehte sich um. Er machte ein finsteres Gesicht, als er sah, wer da stand. »Mein Name ist Hammerkopf. Was willst du?«

»Auger und ich gehen mal kurz auf Kundschaft. Wartet in dem Tunnel da auf uns.«

Hammerkopf runzelte mißtrauisch die Stirn. »Wo wollt ihr hin? Du wirst uns doch nicht reinlegen wollen und mit dem Schatz abhauen, oder?«

Selquist betete um Geduld, damit er dem Kriegshäuptling nicht die Zähne einschlug. »Nein, will ich nicht. Ich lasse Mortar und Pestel hier, zum Beweis, daß ich wiederkomme. Sie haben die Karte. Wo ich hin will? Ich will einen Blick auf Thorbardin werfen. Ihr macht genug Krach, um das Achte Königreich zu wecken! Wir müssen nachsehen, ob die Hylaren schon zu den Waffen greifen.«

Hammerkopf gefiel das offensichtlich überhaupt nicht, aber er mußte zugeben, daß es vom militärischen Standpunkt aus sinnvoll war, den Feind auszukundschaften. Und er behielt Mortar da, der im Besitz der Karte war.

»Na gut«, grollte Hammerkopf. »Aber nicht zu lange. Wenn ihr nicht in einer Stunde wieder hier seid, gehen wir ohne euch weiter.«

Selquist nickte kurz. Er und Auger verschwanden, begleitet vom Klappern eines heruntergefallenen Spatens.

»Wo gehen wir hin?« fragte Auger kurz darauf. »Das ist nicht die Richtung, die wir letztes Mal eingeschlagen haben.«

Sobald sie von der Expedition nicht mehr zu sehen waren, kletterte Selquist anscheinend an der glatten Wand hoch, doch als Auger es ebenfalls probierte, fand er zahlreiche Hand- und Fußstützen, die in den Fels geschlagen waren. Oben betrat Selquist einen Stollen. Er war so niedrig, daß die Zwerge gezwungen waren, auf Händen und Knien hindurchzukriechen, und selbst so stießen sie noch mit den Köpfen an der Decke an.

»Wie ich Hammerkopf sagte«, erklärte Selquist. »Wir werden einen Blick auf Thorbardin werfen und sehen, was dort geschieht.«

»Wirklich?« Auger staunte. »Das wolltest du wirklich?«

»Natürlich«, sagte Selquist hochmütig. »Ich lüge doch nicht jedesmal.«

»Warum haben wir diesen Weg nicht schon letztes Mal genommen?« fragte Auger. Obwohl sie sich die Köpfe anstießen und ihre Hände an den Felsen zerkratzten, wirkte dieser Weg einfacher als der letzte.

»Das wirst du schon noch erfahren«, meinte Selquist, und dann sah Auger es tatsächlich.

Der Tunnel endete abrupt. Er führte ins Leere. Als Auger ängstlich über den Rand schielte, sah er weit, weit unten die Stadt Thorbardin liegen. Die Zwerge, die dort unten herumliefen, wirkten wie die Ameisen in dem Ameisenhaufen, in den er einst getreten war. Er schluckte und zog sich zurück, wobei er sich mit beiden Händen an den Tunnelwänden festklammerte.

»Das ist nichts für mich«, sagte er kleinlaut. »Laß uns umkehren!«

»Bloß noch einen Augenblick.« Selquist hing gefährlich weit über der Kante und starrte hinunter. Schon bei seinem Anblick wurde Auger flau im Magen. »Da unten ist etwas im Gange. Ich habe nie so viele Leute herumrennen sehen. Ich kann nicht erkennen, was sie machen, aber es sieht so aus ...«

Er wurde still.

»Ja? Was? Können wir jetzt gehen?« wimmerte Auger fröstelnd.

»Sie führen Krieg«, sagte Selquist schließlich.

Auger machte große Augen. »Gegen die Schwarzen Ritter? Aber ich dachte, die Hylaren hätten den Berg verschlossen!«

»Das haben sie auch«, bestätigte Selquist. »Sie bekriegen sich gegenseitig.«

Er zog sich zurück und sagte lange nichts. Er saß so ruhig und ernst da, daß er Auger Angst einjagte.

»Sie sind doch nicht etwa hinter uns her?«

»Nein, hinter uns sind sie nicht her.« Selquist seufzte. »Sie haben größere Probleme. Zwerg gegen Zwerg. Irgendwie finde ich das einfach nicht richtig.«

»Die Menschen bekämpfen einander doch auch die ganze Zeit«, gab Auger zu bedenken.

»Ja, die Menschen.« Selquist zeigte deutlich seine Verachtung. »Wir sollten besser sein als sie.«

»Wer kämpft gegen wen?« fragte Auger.

»Das ist mir nicht ganz klar. Ich vermute mal, daß die Theiware endlich das getan haben, womit sie all die Jahre gedroht haben. Sie versuchen, die Herrschaft über Thorbardin zu übernehmen. Der Kampf scheint von ihrer Stadt auszugehen – der, die wir bei unserem letzten Ausflug besucht haben.«

Auger, dem die Kellnerin mit dem Backenbart einfiel, äußerte seine Hoffnung, daß niemand verwundet werden möge.

»Es herrscht Krieg, Auger«, sagte Selquist. »Eine Menge Leute werden verwundet werden.« Er schüttelte achselzuckend den Kopf. »Ach, was. Immerhin eine Bedrohung weniger für uns.«

Er drehte sich um und begann, durch den Tunnel zurückzukriechen.

»Wirklich nicht schlecht«, meinte Auger, der ihm folgte. »Und was ist mit diesen Drakoniern, die uns verfolgen?«

Selquist rumste mit dem Kopf an die Decke. Er fuhr herum und starrte Auger an. »Was hast du gesagt?«

»Ich sagte, es ist nicht schlecht, daß wir uns wegen den Hylaren keine Sorgen machen müssen.«

»Das meine ich nicht! Das mit den Drakoniern.«

»Sie verfolgen uns. Wußtest du das nicht?«

»Doch, natürlich wußte ich es«, fauchte Selquist. »Es war meine Idee, daß sie uns folgen. Aber es sollte niemand anders erfahren. Weiß es sonst noch jemand?« Er wirkte besorgt. »Hast du es jemandem erzählt?«

»Ich habe es dir erzählt«, erwiderte Auger nach kurzem, gründlichen Nachdenken.

»Ich zähle nicht! Jemand anders? Mortar? Pestel?«

»Nein«, sagte Auger.

Selquist war erleichtert, ein Gefühl, das sich rasch in Luft auflöste, als Auger hinzufügte: »Sie waren es ja, die es mir erzählt haben.«

Selquist stöhnte. »Weiß es noch jemand in dieser ganzen vermaledeiten Gruppe?«

»Ich glaube nicht. Mortar sagte, ich sollte es weder Hammerkopf noch einem anderen seiner Bande verraten. Mortar sagte, er wäre der Ansicht, daß alles Teil deines Plans und daß das verdammt gerissen von dir sei.«

»Das hat Mortar gesagt?« Selquist war beglückt. »Verdammt gerissen?«

Auger nickte.

»Na, da hat er recht«, bekräftigte Selquist. »Es war verdammt gerissen von mir.«

Er begann wieder weiterzukriechen, sputete sich diesmal jedoch.

»Ich verstehe das nicht, Selquist«, sagte Auger, der hinter ihm her krabbelte. »Wolltest du, daß die Drakonier uns folgen?«

»Natürlich. Wie sollen sie sonst wissen, wo sie den Geheimgang zu suchen haben?«

Auger verdaute das. Ihm schien ein Haken an der Sache zu sein. »Wollen wir denn, daß sie den Geheimgang finden?«

»Natürlich. Wie sollen sie denn sonst reinkommen und uns zu dem Schatz führen?«

Auger verdaute auch das. »Warum sollten sie uns zu dem Schatz führen?«

»Weil sie die Karte haben!« triumphierte Selquist.

»Wir haben eine Karte.«

»Keine besonders gute. Auf diese Weise ist es viel sicherer.«

Auger kroch weiter durch die Finsternis und dachte vor sich hin. »Aber, Selquist, wenn die Drakonier nun beschließen, den Schatz für sich zu behalten?«

»Das werden sie nicht. Sie sind nur an einem interessiert – den Drakoniereiern.«

Auger schnappte nach Luft. »Den Eiern! Woher wissen sie von den Eiern?«

»Ich habe es ihnen verraten.« Selquist strahlte. »Darum folgen sie uns. Und darum werden wir ihnen folgen können! Verdammt gerissen, hm?«

Auger war von der schier meisterlichen Klugheit des Plans überwältigt. »Nur noch eine Sache: Werden die Drakonier nicht furchtbar wütend werden, wenn sie Hammerkopf beim Zertrümmern der Eier vorfinden?«

»Das«, sagte Selquist leichthin, »ist Hammerkopfs Problem.«

Die beiden Zwerge krabbelten weiter.

☆☆☆

Bei ihrer Ankunft sahen Selquist und Auger, daß der Rest der Zwerge sicher den Boden des Luftschachts erreicht hatte. Hammerkopf stand unten und überlegte, wie sie die Seile zurückholen sollten.

»Laßt sie einfach dran«, schlug Selquist vor. »Die Drakonier können sie benutzen.«

»Ich weiß nicht«, sagte Hammerkopf ernst. »Ich finde –« Seine Augen traten hervor. Er geriet ins Stammeln. »Was? Was? Drakonier? Was für Drakonier?«

»Wiederhol dich doch nicht dauernd, Hammelkopf. Dann klingst du noch dümmer als gewöhnlich. Die Drakonier, die uns verfolgt haben, natürlich. Die Drakonier, die die einzige vernünftige Karte haben. Ich kann sie und uns an den Startpunkt führen, aber danach ist unsere Karte ein bißchen durcheinander, und wir müssen uns auf sie verlassen.«

Hammerkopf verschlug es die Sprache.

»Mach den Mund zu, Hammelkopf«, fuhr Selquist fort. »sonst fliegt dir noch ein Rappel rein. Du solltest mir dankbar sein. Ich werde dich zum Helden machen! Dein Name wird in der Legende weiterleben und jahrhundertelang besungen werden. Also«, er legte seinen Arm um den fassungslosen Kriegshäuptling und zog ihn beiseite, »mein Plan sieht folgendermaßen aus …«

Kapitel 11

Der letzte Drakonier ließ sich am Seil herunter. Kang wartete unten, um sich zu vergewissern, daß alle sicher angekommen waren. Eigentlich hätten wir auch unsere Flügel benutzen können, dachte er. Herunterschweben, ohne uns um diese Seile zu scheren.

Aber er hatte nicht abschätzen können, wie breit der Tunnel war, deshalb hatte er darauf bestanden, daß alle kletterten. Niemand sollte sich die Flügel brechen, nur weil der Schacht vielleicht plötzlich enger wurde.

Einer der Sivaks, die als erste unten gewesen waren, wurde als Kundschafter ausgeschickt. Er kam zurück, um Meldung zu machen.

»Vorne ist keine Spur von ihnen, Sir«, sagte er. »Obwohl es nach Zwerg riecht. Sie waren hier, und zwar vor nicht allzulanger Zeit. Nett von ihnen, die Seile zurückzulassen.«

Kang grunzte. »Ja, nicht wahr? Die kleinen Hunde halten sich für sehr schlau. Seid auf einen Hinterhalt gefaßt.« Er holte die Karte heraus. »Slith! Bringt das Licht hier herüber.«

Der stellvertretende Brigadekommandant brachte eine Öllampe, die unter Dieben als Blendlaterne bekannt war. Sie bestand aus Eisen und hatte eiserne Türchen, die man aufschieben konnte. Wenn die Türchen geschlossen waren, war das Licht nicht zu sehen. Slith hielt die Laterne über die Karte.

»Der Weg zum Schatz beginnt in einer großen Höhle. Sie kann nicht sehr weit von hier entfernt sein. Seht, hier unten ist Südtor eingezeichnet, und da oben Nordtor. Da sind wir, genau zwischen den beiden und ein Stück weiter westlich. Und dort ist die Höhle, etwas nördlich von uns.«

»Aber das hier unten ist ein Rattennest, Sir«, sagte Slith angewidert. »Tunnel und Schächte in alle Richtungen. Wie sollen wir den richtigen finden?«

»Ganz einfach«, sagte Kang grinsend, während er die Karte in einen Beutel zurückschob. »Wir folgen den Zwergen. Klappt die Laterne zu. Slith, Ihr übernehmt die Spitze.«

Wie ihre Drachenvorfahren fühlten sich Drakonier in Höhlen und Tunneln zu Hause. Nachdem sich ihre Augen einmal an die Dunkelheit gewöhnt hatten, kamen sie rasch voran.

In einem der Tunnel war der Zwergengeruch besonders deutlich. Hier waren zwei Eisenschienen in den Boden eingelassen.

Hintereinander betraten die Drakonier den Tunnel. Der Weg war gut. Der Tunnel war geräumig und führte direkt in das Herz des Berges. Kein anderer Tunnel und kein Schacht zweigte davon ab, es gab weder Kurven noch Ecken.

Der Zwergengeruch führte sie weiter, wurde stärker und frischer. Kang schätzte, daß sie eine Stunde gelaufen waren, als er Slith von vorne winken sah.

»Wartet hier«, befahl Kang und ging vor.

»Was ist?«

Slith öffnete den Schieber der Blendlaterne. Ein gelber Lichtstrahl schoß heraus und beschien die verstümmelten Leichen von zwei Zwergen, die verkrümmt im Tunnel lagen. Beide trugen Metallrüstungen und hielten ein Schwert in ihren Skeletthänden. Beide waren brutal zerfetzt und bis auf die Knochen abgenagt.

»Ich bin kein Feigling, Sir«, sagte Slith, »aber ich sage Euch freimütig, daß ich dem Wesen, welches das getan hat, nicht begegnen möchte.«

»Ich bin kein Feigling, und ich stimme Euch zu«, sagte Kang. Er untersuchte die Überreste. »Die sind bestimmt schon zwanzig Jahre tot. Man kann hoffen, daß das, was sie getötet hat, weitergezogen ist. Aber haltet trotzdem die Augen offen.«

»Ja, Sir. Genau das wollte ich Euch sagen, Sir. Der Tunnel macht da vorne eine Biegung«, meinte Slith leise. »Es wäre ein verdammt guter Platz für einen Hinterhalt, Sir. Zwerge oder … was auch immer.«

»Richtig. Geht weiter. Wir geben Euch Deckung.«

Slith schob das Türchen zu und dämpfte so das Licht. Dann schlich er weiter. Kang holte die Truppe herbei. Er befahl allen, bei den Leichen der toten Zwerge anzuhalten.

Slith huschte vorsichtig bis zur Tunnelbiegung vor. Als er fast angekommen war, hielt er an. Das Gestein war hier feucht, von irgendwo oben sickerte Wasser herunter. Der Felsen glitzerte schwach.

Slith stand bewegungslos da, bis seine Körpertemperatur sich bis auf die Temperatur der Höhlen abgekühlt hatte. Wenn es soweit war, wäre er für die Zwerge unsichtbar. Ihre Nachtsichtfähigkeit war der der Drakonier ähnlich. Sie gestattete ihnen, Dinge zu sehen, die Wärme ausstrahlten. Dann würde er auch für alles andere unsichtbar sein, was vielleicht im Dunkeln lauerte.

Nachdem er glaubte, er wäre kalt genug, schlüpfte Slith um die Biegung und blieb dabei dicht an der Wand.

Er sah nichts und hörte nichts. Daraufhin zog er den Schieber zur Seite und leuchtete einmal herum. Der Tunnel führte weiter geradeaus; nur die Eisenschienen glänzten im Laternenlicht.

Er stieß einen Pfiff aus, der »freie Bahn« bedeutete, und ging weiter. Kang und die Truppe marschierten leise hinterher.

Nach einer weiteren Stunde führte der Tunnel in eine kleine Kammer, an die eine zweite kleine Kammer anschloß. Den Hackspuren an den Wänden nach zu urteilen, hatten die Hylarzwerge hier ziemlich viel gegraben. Wahrscheinlich waren sie auf eine gute Eisenerzader gestoßen. Es lagen kaum

Erzabfälle herum, und auch Werkzeuge waren nicht zu sehen. Die Zwerge hinterließen ihre Arbeitsplätze aufgeräumt, was Kangs Beifall fand.

Die Drakonier durchquerten die beiden Kammern und befanden sich wieder im Tunnel, als Slith zurückkehrte.

»Diese kleine Kammer führt in eine gewaltige Höhle«, berichtete er. »Viel größer als die anderen beiden. Und ich habe etwa gefunden. Sieht so aus, als hätten unsere Führer dort angehalten und Essen gekocht.«

»Wann?«

»Das Holz ist kalt. Ich würde sagen, vor fünf bis sechs Stunden.«

Kang betrat die Höhle, die – wie Slith gesagt hatte – sehr ausgedehnt war. Vor langer Zeit, als diese Gegend noch bearbeitet wurde, mußten die Bergleute diese Kammer wohl benutzt haben, um Erzkarren umzuladen.

Zwanzig verrostete Karren in unterschiedlichen Stadien der Reparaturbedürftigkeit standen auf der anderen Seite der Höhle. Der Boden war von Rädern, Äxten und Scharnieren übersät. Entweder hatten die Zwerge sich nicht die Mühe gemacht, diesen Ort aufzuräumen, oder sie waren überstürzt geflohen.

Er dachte an die Skelette, die sie entdeckt hatten. Wenn immer noch irgendein Monster in diesen Tunneln hauste, würde es hoffentlich lieber Zwerge als Reptilien fressen.

»Stellt Wachen auf«, befahl er Slith. »Wir machen hier Rast.«

»Sir, sollen wir Fackeln anzünden?«

»Warum nicht? Dann können wir uns wenigstens umsehen. Das hier könnte der Anfangspunkt der Karte sein«, meinte Kang.

Die Drakonier zündeten Fackeln an, doch die Höhle war so hoch, daß deren Licht die Decke nicht erreichte. Wachen mit Fackeln kamen zum Stehen, als sie eine Mauer fanden.

Bald war die gesamte Höhle hell erleuchtet. Mit wachsender Erregung sah Kang, daß sie die Form einer Niere hatte und daß ihm gegenüber eine Mauer aus massiven Steinblöcken lag, welche die eine Seite von der anderen trennte.

Er zog die Karte heraus und prüfte sie im Licht. Die erste Höhle, der Anfangspunkt der Karte, war nierenförmig. Auch die Mauer war eingezeichnet.

»Gesegnet seien die kleinen Herzchen«, äußerte Kang zufrieden mit einem Blick auf die Überreste des Kochfeuers der Zwerge. »Sie haben uns an die richtige Stelle geführt.«

Die Drakonier ruhten sich aus und aßen. Kang und Slith begutachteten die Karte.

»Da drüben müßte ein Ausgang sein.« Kang zeigte nach rechts. »Viss«, rief er einem der Posten zu. »Bring das Licht dort rüber. Was siehst du da?«

Der Sivak trug die Fackel in die angezeigte Richtung. »Einen Ausgang, Sir«, berichtete er.

Kang schaute wieder die Karte an. »Laufen Eisenschienen hindurch?«

»Ja, Sir.«

Slith packte Kang am Unterarm. »Das ist es, Sir! Das ist es!«

»Ja.« Kang konnte nichts weiter sagen. Innerlich war er so glücklich, daß es ihm die Sprache verschlug, ja, ihm fast den Atem stocken ließ. Er sprach ein stilles Dankgebet an seine Königin und gelobte ihr aufs neue die Treue.

»Ihr solltet etwas essen, Sir«, sagte Slith, der ihm einen Streifen Trockenfleisch und ein Stück altes Brot brachte.

Es waren ihre letzten Rationen. Kang hatte den Baaz, die im Dorf zurückgeblieben waren, befohlen, auf die Jagd zu gehen – nach Wild und Kaninchen, nicht nach Zwergen. Er bezweifelte allerdings, daß sie viel erbeuten würden. Die Dürre hatte das Wild in die fruchtbareren Gegenden vertrieben.

Und wie sollten seine Männer den Winter überleben?

Kang schob diesen Gedanken beiseite. Ein Problem nach

dem anderen. Er war nicht hungrig, doch zwang er sich zum Essen, um bei Kräften zu bleiben. Dann befahl er eine Wachablösung, damit der Rest seiner Männer Essen fassen konnte. Erst danach betrachtete er wieder die Karte. Slith hatte den Ausgang inzwischen untersucht.

»Und?« fragte Kang, als Slith zurückkehrte.

Der Sivak kratzte sich am Kopf. »Der Tunnel ist für Zwerge gedacht, Sir. Wir werden uns arg ducken müssen. Und noch etwas. Der Geruch ist weg.«

Kang sah verwirrt auf. »Was für ein Geruch?«

»Nach Zwerg, Sir. Ich rieche sie nicht mehr.«

Kang fuhr mit einer Klaue das erste Stück des Weges auf der Karte nach. Der Weg drehte und wand sich.

Er grinste. »Ihnen fehlt die Karte! Sie haben schon jetzt die falsche Abzweigung genommen.«

»Aber bis hierher sind sie gekommen, Sir«, hielt Slith dagegen.

»Hier waren sie schon beim letzten Mal. Der Weg ging geradeaus, nur eine Biegung. Diese Höhle ist leicht zu finden. Der Rest wird jedoch nicht so leicht sein. Seht Euch das an.« Er zeigte auf eine Gabelung mit vier Abzweigungen, von denen nur eine zum Schatz führte. »Ohne Karte können sie monatelang da unten herumirren.«

Nachdem die letzte Wache ihr Mahl beendet hatte, erteilte Kang seine Befehle.

»Wir rücken vor, bis wir vor Müdigkeit nicht mehr weiterkönnen. Hier unten gibt es weder Tag noch Nacht; also gehen wir, so weit wir können, suchen uns einen sicheren Rastplatz und marschieren weiter, wenn wir aufwachen.«

Er machte eine Pause, bevor er hinzufügte: »Haltet Augen und Ohren offen.«

Allgemeines Nicken. Sie alle hatten die Leichen gesehen. Dann packten die Drakonier ihre Sachen und zogen los.

»Ich übernehme die Führung, Slith. Ihr bleibt direkt hinter

mir. Blendet die Laterne ab, während wir marschieren. Wir benutzen sie nur, wenn wir auf die Karte gucken müssen.«

Durch die Eisenschienen war der Weg leicht zu finden, obwohl es derart finster war, daß selbst die nachtsehenden Drakonier Schwierigkeiten hatten, die endlose, tiefe Schwärze zu durchdringen. Es ging langsamer voran. Die Tunnel wurden enger und hatten nur noch Zwergenhöhe. Die Drakonier waren gezwungen, krumm zu laufen, wobei ihre Flügel an der Decke entlangkratzten.

Als Kang sich beinahe an einem morsch herunterhängenden Balken den Kopf angeschlagen hätte, ließ er eine Rast einlegen. Er hätte alles darum gegeben, sich nur einmal aufrichten zu können. Vom gebückten Gehen tat ihm der Rücken weh. Indem er sich auf den Boden hockte, konnte er sich eine gewisse Erleichterung verschaffen.

»Werfen wir mal einen Blick auf die Karte«, meinte er zu Slith.

Der schob die Blende der Laterne auf, damit ihr weiches Licht die Karte beleuchten konnte.

»Da vorne kommt ein offenes Stück«, sagte Kang und fügte hinzu: »Der Königin sei Dank! Da können wir uns wenigstens aufrichten und wie Männer laufen, nicht wie Goblins. Und laßt das Licht an. Diese Finsternis hält uns auf. Wenn uns etwas sieht, soll es gerne kämpfen. Besser so, als daß ich mir den Schädel einschlage.«

Sie gingen weiter.

Nach einer Stunde Rückenschmerzen betraten die Drakonier eine neue Kammer, die zwar klein war, aber hoch genug für die Drakonier, um sich zu strecken, den schmerzenden Rücken zu reiben und die verkrampften Flügel zu lockern.

»Wir sind wieder an einer Gabelung. Wo entlang jetzt, Sir?« fragte Slith.

Kang holte die Karte heraus.

Dreimal waren sie an Gabelungen des Schienenstrangs gekommen. Manchmal zeigte die Karte an, daß sie den rechten Weg nehmen sollten, manchmal den linken. Aber Kang bemerkte, daß sie grundsätzlich den Schienen folgten.

Allmählich verstand er den Grund. Die Daewar hatten die Beute auf Schienenwagen geladen und damit zu ihrem Ziel geschleppt. Das war eine verdammt gute Idee, die er bereits mit Slith ausgeheckt hatte. Der Schatz war auf Schienen hineingekommen. Er würde auch auf Schienen hinausgelangen.

Gloth trat vor und salutierte: »Sir, ich höre etwas.«

»Ja«, sagte Slith. »Ich habe es auch gehört. Eine Art Schlurfen und Klirren, und dann endet es plötzlich wieder. Manchmal denke ich, es ist hinter mir, manchmal vor mir.«

»Ich habe dasselbe gehört. Wahrscheinlich sind es die Zwerge«, sagte Kang. »Sie können überall hier unten sein und in der Dunkelheit umhertappen. Diese Tunnel verzerren Geräusche und tragen sie meilenweit. Gehen wir.«

»Ich hoffe, es sind die Zwerge und nicht etwa das, was Zwerge frißt«, sagte Gloth gedämpft zu Slith.

»Das hoffe ich auch«, erwiderte Slith.

Er zog das Schwert. Die anderen Drakonier zogen ebenfalls die Waffen und betraten, nachdem sie sich stöhnend gebückt hatten, den nächsten Tunnel.

Das Licht erleuchtete den Tunnel, durchdrang die tiefe Schwärze und huschte verspielt über Felsen, Stützbalken und die schimmernden Eisenschienen.

Eine Stunde später kamen sie an eine dreifache Gabelung. Kang prüfte die Karte, als die Flamme in der Laterne zu flackern begann.

»Ich muß Öl nachfüllen, Sir«, sagte Slith.

»Gut. Während Ihr das macht, schickt Ihr Kundschafter in jeden Gang. Nicht weit. Nur zweihundert Schritt. Mal sehen, ob Ihr herausfinden könnt, woher diese Geräusche stammen.«

Slith erteilte entsprechende Befehle. Drei Sivaks traten je in einen der Tunnel und schlichen ins Dunkle.

Slith füllte die Laterne nach. Er und Kang studierten wieder die Karte, als sie Lärm hörten. Einer der Sivaks kam zurückgerannt.

Kang sprang auf. Der Rest der Drakonier nahm kampfbereit hinter ihrem Kommandanten Stellung ein.

Der Sivak rannte herbei und salutierte. »In dem Gang dort habe ich etwas gehört, Sir.« Er zeigte auf die linke Abzweigung.

»Wie weit vor?« fragte Kang.

»Ich bin etwa hundert Schritt weit vorgedrungen. Ich habe angehalten, um zu lauschen. Da hörte ich weiter hinten, leise, kratzende Geräusche. Ich weiß nicht, wie weit weg. Vielleicht zehn Fuß, vielleicht zehn Meilen. Aber es hörte sich an, als wären sie vor uns.«

Kang lächelte. »Das müssen die Zwerge sein. Gut. Sie haben die falsche Abzweigung genommen.«

Die Karte wies in den mittleren Gang. Die Drakonier entspannten sich, setzten sich hin und warteten auf die Rückkehr der anderen Kundschafter. Als diese kamen, hatte keiner von ihnen etwas zu melden.

»Wir gehen jetzt weiter«, befahl Kang seinen Männern. »Ich weiß, wie müde ihr seid. Genau wie ich. Aber laßt uns den Vorteil ausnutzen.«

Sie zogen den mittleren Gang hinunter. Die Decke war etwas höher, so daß sie nur Kopf und Schultern einziehen mußten. Zwei weitere Abzweigungen führten sie nach rechts.

Kang dachte daran, wie herrlich es sein würde, aufrecht zu gehen, frische Luft zu atmen und im Sonnenlicht zu schwelgen. Er hatte zu lange im Freien gelebt und war diesen Tunnel mittlerweile herzlich leid.

Sliths Licht flammte auf und beleuchtete eine kleine Kammer weiter rechts. Kang blieb stehen und ließ alle anhalten.

»Dieser Ort ist so gut wie jeder andere. Laßt uns schlafen gehen.«

Slith war derselben Meinung. »Seid Ihr einverstanden, Sir, wenn ich drei Späher losschicke? Irgendwelche Gabelungen da vorn?«

Kang konsultierte die Karte. »Nach ungefähr eineinhalb Meilen werden sie an eine Gabelung kommen. Wir überqueren eine Brücke über eine breite Schlucht, und die Gabelung befindet sich auf der anderen Seite. Dort sollen sie anhalten, lauschen und dann zurückkommen. Wo ist Gloth?«

»Hier, Sir.« Der Bozak trat vor.

»Habt Ihr noch Eure magischen Sprüche?«

Gloth überlegte. Er beherrschte nur einfachste Sprüche. Bei allem Komplizierten vergaß er die Worte oder brachte sie durcheinander oder vergaß, das Symbol zu ziehen, oder vertauschte die Zauberzutaten.

»Ihr geht mit den Spähern. Vielleicht brauchen sie Eure Magie.«

Gloth salutierte, und Augenblicke später verschwand er mit den drei Sivaks in dem Tunnel.

Slith betrat die Kammer und leuchtete umher.

Es war eine große Kammer voller Werkzeuge, einschließlich einiger enormer Hammer. Sechs Schienenwagen standen davor. Aus den aufgestapelten Schienenverbindungen und ein paar krummen Schienen, die auf dem Boden herumlagen, folgerte Kang, daß es sich um eine Reparaturwerkstatt gehandelt haben mußte, in der die Zwerge ihre Schienen instand gesetzt hatten.

Die Drakonier schlugen in der Kammer ihr Lager auf und stellten Wachen an den Eingang.

»Ich brauche etwas Ruhe, Slith, damit ich meine Sprüche wieder auffrischen kann«, sagte Kang. »Aou soll die Karte nehmen.«

Er zog sein heiliges Symbol heraus, hielt es fest in der Hand und suchte sich eine dunkle Ecke. Um die Aufmerksamkeit Ihrer Dunklen Majestät mußte er nicht erst bitten. Er spürte ihre

Gegenwart fast augenblicklich, als ob sie über ihn gewacht hätte. Dieser Gedanke war tröstlich. Er lächelte und glitt in Trance.

☆☆☆

Kang schlief tief und fest, als Gloth und seine drei Sivaks sich einige Zeit später bei Slith meldeten.

»Still«, befahl Slith, der sie aus der Kammer trieb. »Weckt den Kommandanten nicht. Was gibt es? Habt ihr die Zwerge gefunden?«

»Nein, Sir.« Gloth zeichnete auf der Karte ihren Weg nach. »Der Abgrund ist da, genau wie der Kommandant gesagt hat. Die Brücke allerdings ist nicht da. Das heißt, die Brücke ist da, aber in der Mitte fehlt ein Stück. Wir haben unsere Ausrüstung liegenlassen und sind über die Schlucht geflogen und –«

»Verdammt!« fluchte Slith.

Gloth war überrascht. »Wie bitte, Sir? Was ist denn?«

»Ihr sagt, es fehlt ein Stück der Brücke?«

»Ja, Sir, aber es sind nur an die zwanzig Fuß. Wir konnten problemlos hinüberfliegen –«

»Nachdem ihr all eure Ausrüstung abgeworfen hattet!« Slitz verpaßte Gloth eine Kopfnuß. »Benutzt Ihr Euren Schädel eigentlich nur als Halter für Euren Helm? Wie sollen wir hinüberfliegen, wenn wir Dracheneier und den ganzen restlichen Schatz dabeihaben?«

Gloth blinzelte betroffen. »Ich verstehe, was Ihr meint, Sir. Wir würden hinunterfallen wie Steine. Was sollen wir tun?«

»Wir sind Pioniere, Gloth«, sagte Slith. »Das ist unser Beruf. War es zumindest einmal. Alles, was wir brauchen, haben wir dabei oder können es wahrscheinlich hier unten finden.«

»Ja, Sir.« Gloth begriff immer noch nicht. »Was brauchen wir wofür, Sir?«

»Wir sind Brückenbauer«, erklärte Slith. »Wir werden eine Brücke bauen.«

Kapitel 12

Kang schreckte aus einem furchtbaren Traum hoch, in dem er mit einem Zwerg auf dem Rücken durch endlose Tunnel irrte. Der Zwerg war schwer, und Kang wollte ihn loswerden, konnte es jedoch nicht, denn der kleine Kerl war an ihm angekettet, und keiner von ihnen hatte den Schlüssel. Er trug seine Last bis zum Umfallen, und der Zwerg lachte und lachte …

Kang schüttelte den Traum ab, setzte sich auf und sah sich um. Die Laterne war verschwunden. In der Finsternis war niemand zu hören oder zu sehen. Seine Männer waren ebenfalls verschwunden.

Und irgendwo in der Ferne hörte Kang es klirren, Metall auf Metall. Er ging alle seine magischen Sprüche durch, deren Worte ihm normalerweise wie Kinderreime von den Lippen flossen.

Die Sprüche, um die er gebeten hatte – komplexe, mächtige Sprüche –, waren nicht da. Seine Königin hatte ihm nur einfachste magische Sprüche gewährt, die selbst Gloth begriffen hätte. Kang befürchtete, Ihre Dunkle Majestät wäre aus irgendeinem Grund zornig auf ihn. Hastig dachte er darüber nach, wie er zu ihr gebetet hatte, denn er wollte sie um Vergebung bitten, falls er etwas gesagt oder getan hatte, das ihren Wünschen zuwiderlief.

Aber es war kein Ärger, den er spürte, als er sich ihrem Thron näherte. Es war Furcht. Seine Königin hatte Angst. Ihr Krieg gegen Chaos lief scheinbar nicht gut. Kang versuchte sich einen Krieg vorzustellen, der im Himmel tobte, aber es mißlang ihm. So etwas lag außerhalb seiner Vorstellungskraft. Nun, er würde hier unten sein Bestes tun und mit dem arbeiten, was er hatte.

Das Klirren wurde lauter. Es hörte sich an wie eine offene Schlacht.

Kang zog sein Schwert, schlich aus der Kammer und hatte dabei das sichere Gefühl, daß jemand ihn beobachtete.

Er nahm eine kleine, gedrungene Gestalt wahr, die am Eingang neben der Kammer lauerte. Kang hob sein Schwert und sprang vor.

»Oh, hallo, Sir. Ihr seid wach?« Viss sprang auf und salutierte.

Kang ließ mit einem Seufzer sein Schwert sinken. »Verdammt, Viss, ich hätte dir fast deinen närrischen Kopf abgeschlagen! Was zum Teufel machst du hier allein im Dunkeln? Wo sind die anderen? Und was soll der ganze Lärm? Werden wir angegriffen?«

»Nicht daß ich wüßte, Sir. Slith hat mich hiergelassen, um Wache zu halten, solange Ihr schlaft. Die anderen sind weitergezogen, um eine Brücke zu bauen, Sir.«

»Sie bauen was?« Kang glaubte, sich verhört zu haben.

»Eine Brücke, Sir. Ihr erinnert Euch an diese Brücke auf der Karte? Nun, als wir hinkamen, stellten wir fest, daß die Brücke beschädigt war. Wir konnten hinüberfliegen, aber der Abgrund ist ziemlich breit, und Slith hat gesagt, Fliegen würde nicht gehen, wenn wir die Dracheneier dabeihaben, ganz zu schweigen vom Rest des Schatzes. Er hat gesagt, Ihr wolltet alles in Loren auf den Schienen transportieren. Deshalb bauen wir eine Brücke, Sir.«

»Verflucht will ich sein«, sagte Kang beeindruckt. »Äußerst ordentlich von Slith.«

Zwei Sivaks mit Fackeln tauchten aus der Dunkelheit auf. Als sie Kang sahen, salutierten beide.

»Wir sollen mehr Schienenstücke holen, Sir«, sagte der eine. »Wir benutzen sie als Träger für den Hauptbogen.«

»Ich helfe euch«, bot Kang an.

☆☆☆

Die Überreste einer enormen Steinbrücke ragten über den Abgrund. Der Mittelbogen fehlte, und für Kangs erfahrenes Auge sah es so aus, als wäre er ganz gezielt zum Einsturz gebracht worden. Die zwergische Handwerkskunst war so exzellent wie immer. Die Brücke – das, was von ihr übrig war – machte einen stabilen Eindruck. Ein Erdbeben hätte die ganze Brücke einstürzen lassen, nicht bloß die Mitte.

Nein, die Zwerge hatten ihre Brücke absichtlich zerstört. Und zwar irgendwann, nachdem die Daewars ihren Schatz versteckt hatten, denn auf der Karte war nichts Derartiges verzeichnet. Es war ein quälendes Geheimnis. Kang konnte sich eine bedrängte Armee vorstellen, die sich vor dem Gegner zurückzog – was für ein Gegner das auch sein mochte – und deshalb die Brücke hinter sich einriß. Er warf die Schiene hin, die er getragen hatte, und untersuchte die Brücke genauer.

Slith entdeckte seinen Kommandanten.

»Hallo, Sir!« Der Sivak salutierte grinsend. »Wir bauen eine Brücke, Sir!«

»Das sehe ich. Zeigt mir Eure Pläne.«

Slith und Kang gingen über den Teil der Brücke, der noch stand, bis an die Lücke im Mittelbogen heran. Eine grobe Holzkohleskizze zierte die Innenseite der Steinbrüstung.

»Das habe ich von Gloths Stellvertreter Drossak zeichnen lassen. Er ist Hornalak, dem Planungsoffizier der Ersten Kompanie, zugeteilt. Ich finde, er hat es ordentlich gemacht, wenn man bedenkt, womit wir arbeiten müssen.«

Der Ersatzbogen sollte ein achtundzwanzig Fuß langes, dreieckiges Einsatzstück aus Holz sein. Die Eisenschienen würden es zusammenhalten. Die Drakonier würden ein Ende des Bogens hochziehen und das andere am Boden lassen. Durch Wippbewegungen würden die Drakonier dann das angehobene Ende in die Lücke zwischen den beiden noch intakten Brückenteilen senken. Das Dreieck würde sich zwischen das diesseitige und das jenseitige Ende zwängen und das fehlende Stück zuverlässig überbrücken.

Es war nicht elegant, aber es würde halten, mußte Kang eingestehen. Auf der anderen Seite sollten Männer aufgestellt werden, die den neuen Bogen beim Herunterkommen ausrichten sollten.

Die Bozaks hämmerten die krummen Schienen gerade, welche die Brücke abstützen und sie stabilisieren sollten. Einige Sivaks arbeiteten an Holzböcken. Andere suchten die Umgebung nach Verbindungsschienen und Bolzen ab.

Gloth koordinierte den Bau der dreieckigen Holzböcke, die unter den Schienen stehen sollten. Angesichts der Materialknappheit wurde das Holz bestmöglich zurechtgehämmert und verbunden.

»Kompaniechef Gloth, kann ich Euch einen Augenblick sprechen?« Kang zog den Offizier zur Seite.

»Was ist denn, Sir?«

»Ihr leistet hier großartige Arbeit. Vielleicht zu großartig. Diese Brücke soll uns nur hinüber und später wieder zurück bringen. Nachdem wir drüben sind, will ich sie auf die andere Seite ziehen, damit die Zwerge sie nicht benutzen können. Baut mir kein Meisterwerk. Sie muß nur zweimal benutzt werden – einmal auf dem Hinweg, einmal auf dem Rückweg.«

Gloth nickte. »Ich verstehe, Sir. Aber wir können uns keine Verluste leisten, deshalb dachte ich, ich schlage mich lieber auf die sichere Seite. Besonders wenn wir mit den Eiern zurückkommen, Sir.«

»Das ist noch ein großes Wenn, Gloth. Macht Euch nicht zu große Hoffnungen«, ermahnte ihn Kang scharf.

»Ja, Sir.« Gloth machte einen verwirrten Eindruck.

Kang taten seine Worte leid. Er hatte die Pflicht, die Moral zu heben, nicht sie zu erschüttern. Doch die fehlenden magischen Sprüche und dieses Gefühl, beobachtet zu werden, das er nicht abschütteln konnte, machten ihm zu schaffen.

Kang schickte Gloth zurück an die Arbeit, nicht ohne zuvor ein Kompliment für die saubere Arbeit einzuflechten, mit dem er den Drakonier aufmunterte. Sein Kommandant ging zu Slith hinüber, welcher das Geradebiegen der Schienen überwachte. Sie nahmen vier Schienen, um den höchsten Punkt des Bogens zu sichern und seine Stabilität und Tragfähigkeit zu erhöhen.

»Wann, schätzt Ihr, wird es fertig sein?« fragte Kang.

Slith sah sich um und registrierte den Fortgang der Arbeiten. »Ich würde sagen, wir werden den Bogen in zwei Stunden hochhieven können, dann dauert es eine Stunde, bis er an Ort und Stelle ist, Sir. Das wird der schwierige Teil. Wir wollen nicht, daß die ganze Arbeit in die Schlucht hinunterdonnert.«

»Drei Stunden.« Kang nickte. »Gut, so habe ich es mir auch gedacht. Zwei Mann sollen hinten am Tunnel Posten beziehen. Wir machen genug Lärm, um jegliche Aufmerksamkeit auf uns zu ziehen. Ich will nicht, daß sich etwas anschleicht.«

Die Arbeit verlief langsamer, als sie gehofft hatten. Sie brauchten vier Stunden, um den Bogen zusammenzubauen, dann eine weitere, um das eine Ende zu sichern und mit Hilfe von Seilen aufzurichten. Der schwierigste Teil lag noch vor ihnen.

Das Dreieck wippte, während seine Spitze von Seilen und improvisierten Seilzügen in der Luft gehalten wurde. Jetzt mußten die Drakonier das untere Ende, das auf dem Boden auflag, auf das Loch zu schieben.

Acht Drakonier bemannten die Seile, durch die der Bogen aufrecht gehalten wurde. Der Rest rückte die andere Seite des Dreiecks an Ort und Stelle. Stückchen für Stückchen schoben sie es an den klaffenden Abgrund heran. Zweimal mußten sie anhalten, weil die Spitze außer Kontrolle zu geraten drohte. Wenn der Bogen umkippte, würden sie nicht genug Material haben, um einen zweiten zu bauen.

Vorsichtig rückten sie den Bogen näher an die Tiefe. Schließlich war er nur noch sechs Schritte von der Bruchkante entfernt.

Kang schrie: »Laßt sie langsam runter, Jungs!«

Ein Teil der Drakonier hielt das Ende auf dem Boden fest. Die an den Seilen ließen ihr Ende herunter. Stück für Stück senkte sich der Bogen. Nachdem er jedoch den halben Weg geschafft hatte, wurde es für die Drakonier zunehmend schwerer, ihn zu halten. Er befand sich immer noch fünf Armlängen über der jenseitigen Kante, als die Seile plötzlich nachgaben.

Der Brückenbogen donnerte krachend herunter. Die Mannschaft, die auf der anderen Seite darauf wartete, ihn zurechtzurücken, rannte um ihr Leben. Mit lautem Krachen schlug das Ende drüben auf. Drei Armlängen weit lag er auf der Brücke. Dabei verzog er sich jedoch leicht nach oben, so daß ein größerer Teil des Dreiecks als vorgesehen in den Abgrund hing. Die Schienen, die den Bogen zusammenhielten, ächzten unter dem Druck, dann wurde alles still.

Die Drakonier schauten gebannt zu. Sie lauschten.

Der Bogen hielt.

Die Drakonier jubelten. Kangs Niedergeschlagenheit verflüchtigte sich. Wieder einmal war es den Pionieren des Ersten Pionierregiments gelungen, eine Brücke zu bauen.

Die Freudenschreie verstummten, als Kang den Bogen betrat und vorsichtig auf die Schienen trat. Dabei stellte er fest, daß die Brücke nicht nur sicher lag, sondern auch stabil trug. Er ging auf die andere Seite, drehte sich um und salutierte vor seinen Pionieren.

Die Drakonier jubelten von neuem.

Vier Sivaks begannen, Pflöcke in das vordere Ende zu hämmern, um die Schienen auf der Brücke an die vorhandenen Schienen heranzuschieben und mit ihnen zu verbinden. Auf der anderen Seite stand der Bogen zwei Armlängen über, wodurch er schwerer anzupassen war. Die Sivaks auf dieser Seite versuchten, ihn an die richtige Stelle zu zerren. Insgesamt war Kang beeindruckt. Das Bauwerk würde halten.

»Slith!« rief er zur anderen Seite zurück. »Ich will einen Spähtrupp vorschicken. Alles Werkzeug und die Vorräte werden zusammengepackt. In zehn Minuten ist mir jeder zur Überquerung dieser Brücke bereit!«

Slith begann, Befehle zu brüllen und alle zur Eile anzutreiben.

Drei Pfadfinder, ein Bozak und zwei Sivaks, legten ihre Feldharnische an und zogen die Waffen. Sie überquerten die Brücke, dann trabten sie den Tunnel hinunter. Der Karte nach gabelte sich der Tunnel auf der anderen Seite der Brücke. Die Eisenschienen führten nach rechts in einen neuen Stollen. Die Drakonier verschwanden in der Finsternis.

Der Rest der Männer und die gesamte Ausrüstung waren in Minutenschnelle marschbereit. Kang kam über die Brücke zurück, um seine eigenen Sachen zu holen.

»Gut gemacht, mein Freund«, lobte er Slith.

»Ziehen wir die Brücke tatsächlich wieder hoch?«

Kang schüttelte den Kopf. »Dazu ist sie viel zu schwer. Wir hätten sie eben schon beinahe verloren. Ich glaube auch nicht, daß wir die Kraft haben, um – was zum Teufel ist das?«

Ein Rumpeln umtoste sie, das von den Wänden des Abgrunds zurückgeworfen wurde.

»Ein Erdbeben?« meinte Slith erschrocken.

»Der Boden bewegt sich nicht. Wo kommt das her?« überschrie Kang das Getöse.

»Keine Ahnung, Sir!« brüllte Slith. »Dieser verdammte Tunnel! Er verzerrt jedes Geräusch!«

Das Rumpeln wurde noch lauter. Ein beängstigendes Heulen wie der Schrei einer Elfenfrau, die einen qualvollen Tod starb, gellte durch die Dunkelheit.

»Todesfee!« schrie Slith und zog sein Schwert.

Alle Drakonier der Truppe griffen zu den Waffen. Nach allen Seiten hielten sie wachsam Ausschau. Kang tat sein Möglichstes, sich zu erinnern, wie eine Todesfee zu bekämpfen war, doch irgendwie fiel ihm nur ein, daß es in dem Moment, wo man ihr tödliches Lied vernahm, aus war.

Er hörte das Lied deutlich, dessen gräßlicher Klang seine Trommelfelle peinigte. Er stand noch, war – soweit er das beurteilen konnte – noch nicht tot, aber …

Und dann fühlte Kang, wie die Schienen unter seinen Füßen zu vibrieren begannen.

Er sah in den Tunnel zurück.

»Da!« keuchte Slith.

Auf den Eisenschienen kam donnernd einer der Erzkarren in Sicht. Drinnen saßen sechs Zwerge, die sich fest an den Seiten des Waggons anklammerten. Mit fliegenden Bärten, weit offenem Mund, verächtlichem Rufen und Lachen ratterten die Zwerge in halsbrecherischem Tempo an den Drakoniern vorbei. Der Eisenwagen rollte die Schienen entlang auf den eben eingesetzten Bogen zu.

»Aufgepaßt!« schrie Kang und sprang zur Seite.

Die Drakonier, die auf den Schienen standen, warfen sich aus dem Weg. Der Wagen schwankte gefährlich, als er auf die neuen Schienen auftraf, und schien nah daran zu sein, in den Abgrund hinunter zu stürzen. Aus dem verächtlichen Johlen der Zwerge wurden Entsetzensschreie, ein paar hielten sich die Augen zu. Ratternd und schwankend blieb der Karren jedoch auf den Schienen und segelte über den Abgrund.

Die Sivaks, die auf der gegenüberliegenden Seite an den Schienen arbeiteten, brachten sich eilig in Sicherheit, ohne ihre Arbeit zu vollenden.

An diesem Ende der Brücke trafen die Eisenschienen nicht

aufeinander. Die Brücke ragte noch zwei Fuß in die Luft. Der Karren mit den Zwergen schoß vom Ende der Brücke ein Stück durch die Luft, kam krachend auf, kippte um und spie dabei die Zwergeneisenbahner aus, die sich schnellstens in den Tunnel verdrückten.

Kang und seine Männer standen da wie vom Donner gerührt und sahen ihnen hinterher.

Das Rumpeln, das mit dem Umstürzen des ersten Wagens aufgehört hatte, begann von neuem. Die Drakonier drängten zu den Schienen vor, um zu sehen, was kam.

Kang brüllte »Zurück!«, gerade als die zweite Lore aus dem Tunnel schoß. Eine dritte folgte unmittelbar.

Die zwei Wagen rasten über den neuen Mittelbogen. Die Begeisterung der Zwerge schlug in blankes Entsetzen um, als sie den umgekippten Karren sahen, der ihnen den Weg versperrte. Einer der Zwerge versuchte, die Bremse zu bedienen. Funken stoben von den Eisenrädern. Das Kreischen ging Kang durch und durch, bis seine Zähne vibrierten.

Der zweite Wagen schoß von dem unebenen Bogen herunter und prallte gegen den ersten. Der dritte bohrte sich in die beiden vorderen. Einer von ihnen blieb aufrecht stehen. Der andere kippte um. Nach allen Seiten kletterten Zwerge heraus und zogen sich unter den ruinierten Schienenwagen hervor. Sie flohen wie Ratten in die Dunkelheit.

Ihr Glucksen, ihr Lachen und ihre Beleidigungen hallten durch die Tunnel.

Kang fuhr aus seiner Betäubung hoch.

»Verdammt! Ihnen nach!« schrie er wütend.

Kapitel 13

»Diese Fahrt«, erklärte Pestel, als er aus dem umgekippten Eisenkarren kroch, »war das Tollste, was ich je erlebt habe!«

»Ooh, Junge, was für eine Fahrt«, schwärmte Mortar mit glänzenden Augen. »Wo ist Auger?«

»Hier unten«, sagte Selquist.

Er beugte sich über einen Zwerg, der sich an den Boden des Karrens kauerte. Der Zwerg hatte seinen Kopf in den Händen vergraben und kreischte: »Ist es vorbei? Ist es vorbei?«

»Es ist vorbei«, sagte Selquist. Er schüttelte Auger. »Mach schon! Wir müssen hier verschwinden!«

Gemeinsam mit Mortar gelang es ihm, den armen Auger auf die Beine zu zerren. Der Anblick der wütenden Drakonier, die über die Brücke rannten, half erheblich dabei, den Zwerg wieder zu sich kommen zu lassen. Taumelnd begann er zu laufen. Die anderen rannten neben ihm her. Die Zwerge aus den ersten beiden Wagen waren bereits unterwegs.

Selquist blieb kurz stehen, um den Drakoniern zu winken. »Danke für die schöne Brücke!« rief er. »Und daß ihr uns den Weg zur Schatzkammer gezeigt habt! Geschäfte mit euch sind eine wahre Wonne!«

»Wo gehen wir jetzt hin?« fragte Mortar besorgt. »Wie finden wir den Weg?«

»Die Eisenschienen«, sagte Selquist. »Ist dir das immer noch nicht aufgefallen? Wir folgen einfach weiter den Eisenschienen. Und jetzt ist es nicht mehr weit, ganz gleich, welcher Karte wir folgen.«

Selquists Plan hatte besser geklappt, als sogar er selbst erwartet hatte. Die Zwerge hatten sich in einem kleinen Stollen versteckt, der von der ersten Haupthöhle abzweigte, und dort gewartet. Sie hatten zugesehen, wie die Drakonier die Höhle erkundeten, hatten Kang feststellen hören, daß dies tatsächlich der Ausgangspunkt auf der Karte war. Dann hatten die Zwerge den Drakos fünf bis sechs Stunden Vorsprung gelassen, ehe sie ihnen durch das Tunnellabyrinth gefolgt waren.

Während die Zwerge so hinterherzogen, war Selquist klargeworden, daß Mortars Erinnerungen an die Karte ziemlich ungenau waren. Ganze Teile waren ausgelassen, falsche Abzweigungen angegeben. Ohne die Führung der Drakonier hätten sich die Zwerge rettungslos verlaufen und wären wahrscheinlich den Rest ihres Lebens hier unten umhergeirrt.

Und dann die Brücke! Wie nett von den Drakoniern. Wie weitsichtig. Dieser Abgrund hätte für die Zwerge das Ende des Abenteuers bedeutet.

Nachdem er nun so freundliche Gefühle für die Drakonier hegte, stimmte Selquist der Gedanke ein wenig traurig, daß Hammerkopf und seine Bande von Haudegen die Dracheneier zerschlagen wollten. Und dazu noch so wertvolle Eier. Die Drakonier würden bestimmt große Summen …

»Zu den Waffen!« rief jemand vorne. »Zu den Waffen!«

Selquist hob den Kopf. Fackellicht flammte auf, ließ Schuppen glitzern und leuchtete in die roten Augen von drei Drakoniern, die den Tunnel heruntergehetzt kamen.

Die Drakonier rannten genau auf die Zwerge zu –

Hammerkopf erhob sein Schwert und stellte sich ihnen mitten in den Weg. Er duckte sich zum Kampf, denn er wollte sein Leben teuer verkaufen.

Die Drakonier wichen dem stämmigen Zwerg aus und liefen weiter. Der Rest der Zwerge war gezwungen, an die Tunnelwände zurückzuspringen, um den Drakoniern aus dem Weg zu gehen, sonst wären sie niedergetrampelt worden. Die drei

Drakonier würdigten die Zwerge kaum eines Blickes. Sie rannten den Tunnel hinunter zur Brücke zurück.

»Feiglinge!« schrie Hammerkopf, der seine Streitaxt in der Luft schwenkte. »Bleibt stehen und kämpft!«

»Ich stell' mich gleich hin und kämpfe mit dir, Hammelkopf, du Einfaltspinsel!« rief Selquist, der sich nach vorne durchkämpfte. »Was glaubst du eigentlich, wer du bist? Du vermasselst uns noch alles –«

Auf Selquists Kopf standen die Haare – die wenigen, die er hatte – senkrecht zu Berge. Er blieb stehen und starrte wie die anderen Zwerge mit offenem Mund in den Tunnel.

Auger, der Selquist packte, japste: »Was ist das? Reorx behüte uns! Was ist das für ein Ding?«

Hammerkopf holte tief Luft, wich sechs Schritte zurück und prallte dabei gegen Selquist.

»Ein Grell!« schrie er mit brechender Stimme. »Das ist ein Grell!«

Als Kind war Selquist einmal schwerkrank gewesen. Sein hohes Fieber hatte ihn alles mögliche sehen lassen, von Würmern, die aus den Balken krochen, über Riesenratten, die auf dem Fußende seines Bettes tanzten, bis hin natürlich zu Grells.

Diese Monster kommen bei Zwergen in fast jeder abendlichen Gruselgeschichte vor, Geschichten, die seit der Zeit weitergegeben wurden, als die Neidar noch in Thorbardin lebten. Der Legende nach waren die Grells die ursprünglichen Bewohner der Höhle unter den Bergen gewesen, und die ersten Zwerge, die den Berg bezogen, hatten diesen unter der Führung ihres Lehnsherrn Hamisch Eisenfaust von den Grells gesäubert.

Anscheinend hatte Hamisch einen übersehen.

Der Grell war ein grünlicher Blupp, ein Riesenhirn, das sechs Fuß über den Köpfen der Zwerge in der Luft schwebte. Er hatte grüne Tentakel, einen vogelartigen Schnabel und – soweit Selquist das beurteilen konnte – ein unangenehmes Wesen. Der Grell schien kaum zu einem Schwätzchen aufgelegt zu sein oder sich die Zeit vertreiben zu wollen oder sich freundlich zu erkundigen, ob die Zwerge nicht lieber einen anderen Weg einschlagen könnten als ausgerechnet durch seine gute Stube. Er stürzte sich auf sie, peitschte mit seinen stacheligen Tentakeln bösartig auf sie ein, schnappte mit dem Schnabel und war offensichtlich darauf versessen, jeden einzelnen von ihnen umzubringen.

»Kein Wunder, daß diese Drakonier davongerannt sind!« bemerkte Selquist. Er beschloß, ihrem ausgezeichneten Beispiel zu folgen, drehte sich um und rannte los. Er schubste und drängelte sich durch die anderen nach hinten.

Hammerkopf und seine Soldaten hielten die Stellung und griffen den Grell an. Sie stachen nach den Tentakeln, welche tückisch in alle Richtungen zuckten. Andere Zwerge stießen ihre brennenden Fackeln in die Augen des Grells, um ihn zu blenden. Ein paar weniger Wagemutige hatten sich in sicherer Entfernung zusammengedrängt, von wo aus sie den Grell mit Steinen bewarfen.

Nachdem nun der Großteil seiner Kameraden zwischen ihm und dem Grell stand, hörte Selquist auf zu rennen, drehte sich um und beobachtete den Kampf. Er war nicht gerade beeindruckt. Die Zwerge waren wenig erfolgreich – drei lagen bereits am Boden, wälzten sich herum und wanden sich in Qualen, die das lähmende Gift des Grellstachels verursachte. Selquist überlegte gerade, daß es wirklich schlau von ihm gewesen war, Hammerkopf als Grellfutter mitzubringen, als Auger mit der Axt in der Hand an Selquist vorbei auf den Grell zustürmte.

»Auger! Was machst du denn? Du bist ein Feigling wie ich! Hast du das vergessen?« schrie Selquist. »Soll Hammelkopf doch mit ihm fertig werden!«

Sein Freund hörte ihn nicht.

Nachdem Auger in den Kampf eingetreten war, hackte er

nach einem der Grelltentakel. Sein Schwert traf und schlug knapp einen Fuß von dem sich windenden Arm ab. Grüner Schleim spritzte heraus und traf Auger in die Augen.

Der Geblendete taumelte hilflos umher und wischte sich den Schleim vom Gesicht. Der aufgebrachte Grell traf Auger mit einem seiner unverletzten Tentakel in die Schulter.

Auger kreischte. Sein Körper zuckte. Er kippte vornüber aufs Gesicht und blieb reglos am Boden liegen.

Nachdem Auger gefallen war, traten Mortar und Pestel in den Kampf ein, hackten mit ihren Äxten auf den Grell ein und bewirkten damit, soweit Selquist es sah, überhaupt nichts. Sie schienen ihn höchstens noch mehr zu verärgern.

Der Grell schwebte mit schnappendem Schnabel über seinen Opfern. Hammerkopf griff von hinten die rückwärtigen Tentakel an, und der Grell schlug abwesend nach dem Kriegshäuptling. Offenkundig war der Grell mehr daran interessiert, mit dem armen Auger abzurechnen.

Während er eine Reihe Schnalzlaute ausstieß, hob der Grell einen Tentakel. Etwas, das er mit dem Tentakel umklammerte, begann in einem unheimlichen, blauen Licht zu glühen.

Selquist stöhnte. Als ob dieser Grell nicht schon gemein genug wäre, irgendwie war es ihm auch noch gelungen, in den Besitz eines Stabs zu kommen, der allem Anschein nach magisch war. Der Stab war etwa einen Fuß lang, schwarz wie die Nacht und von den Körpern verschiedenfarbiger Drachen umwunden. Die Köpfe der fünf Drachen bildeten die Spitze.

Selquist ging davon aus, daß dieser magische Stab nicht dazu da war, hübsche kleine Blümchen aus Schneewehen wachsen zu lassen.

Wie um Selquists schlimmste Befürchtungen zu bestätigen, fuhr der Grell, der von Hammerkopf offensichtlich genug hatte, herum, zeigte mit dem Stab auf den Kriegshäuptling und schnalzte laut mit dem Schnabel.

Weißblaues Licht flammte aus den Mäulern der fünf Drachen.

Ein Blitz, ein Knall.

Hammerkopf gab eine Art feuchten Knall von sich, und seine Überreste spritzten auf die Wände, den Boden und die übrigen Zwerge.

Nachdem der Grell mit diesem Ärgernis fertig war, wandte er sich wieder Auger zu, der noch immer nichts sah und sich nicht rühren konnte. Die anderen Zwerge waren entsetzt zurückgewichen, denn der entsetzliche Tod von Hammerkopf hatte sie jeglichen Kampfesmutes beraubt. Der Grell hob den Stab und deutete damit auf Auger. Das Monster wollte schnalzen.

Selquist griff zum Gürtel, zog sein Messer und schleuderte es über die Köpfe der Zwerge hinweg, die vor ihm kauerten.

Der Grell schnalzte wieder, doch dieses Mal vor Schmerz. Das Messer hatte sich in den vorderen Lappen der gehirnartigen Masse gegraben. Grüne Flüssigkeit begann aus der Wunde zu quellen. Der Grell konnte seinen Zauber nicht beenden. Seine Tentakel zuckten.

Selquist nutzte die Schwäche des Grells aus, um sich durch die anderen hindurchzukämpfen. Er schlüpfte unter die peitschenden Tentakel, bekam Augers Schultern zu fassen und begann, seinen hilflosen Freund von dem Grell wegzuziehen. Selquists Füße rutschten auf den Überresten von Hammerkopf aus.

»Das paßt!« dachte Selquist verärgert. »Noch im Tod versucht Hammerkopf, mir ein Bein zu stellen!«

Er lag flach auf dem Rücken und starrte zu dem Grell empor.

Der Grell erhob den Stab und hielt ihn über Selquist. Der Stab begann zu glühen. Die Bestie wollte schnalzen.

Selquist wußte, er war ein toter Zwerg.

Plötzlich sauste von irgendwo hinter Selquist ein Hagel kleiner Armbrustbolzen, die alle von roten Flammen umzüngelt waren, über ihn hinweg und bohrte sich in das Gehirn des Grells.

Das Untier kreischte auf und wand sich. Seine Tentakel zuckten wild. Eine zweite Welle rotglühender Bolzen fegte über die Zwerge hinweg, gefolgt von einer dritten.

Der Grell schien in sich zusammenzufallen. Sein Gehirn sah aus wie ein Schwamm, aus dem Blut und Eiter quollen. Der Grell sank auf den Höhlenboden. Seine Tentakel zuckten noch kurz. Dann rührte sich das Untier nicht mehr.

Benommen rappelte Selquist sich auf und warf einen Blick über die Schulter. Ein riesiger Bozakdrakonier mit einer kleinen Handarmbrust schritt den Gang entlang und sprang einfach über die geduckten Zwerge hinweg. Dem Bozak folgten etwa zwanzig andere Drakonier mit Schwertern und Armbrüsten in den Händen.

Die Zwerge wären vor Entsetzen fast die Wände hochgekrochen.

Aber die Drakonier waren heute nicht an einem Kampf mit den Zwergen interessiert.

Der Bozak sprang über Selquist, wobei er beinahe auf Auger getreten wäre.

Als er den Körper des Grells erreicht hatte, bückte sich der Bozak, ergriff den magischen Stab und zog ihn geschickt aus der Umklammerung des toten Grells, ohne dabei die Gifttentakel zu berühren.

Nachdem die Beute gesichert war, drehte sich der Bozak grinsend zu den Zwergen um. »Danke für den schönen Stab«, feixte er. »Und es war wirklich nett von euch, diesen Grell für uns anzugreifen. Geschäfte mit euch sind eine wahre Wonne! Man sieht sich.«

Der Bozak verbeugte sich vor Selquist, dann winkte er und rief Befehle. Der Rest der Drakonier umrundete die Zwerge oder sprang über sie hinweg und verschwand in der Dunkelheit.

»Tja«, sagte Selquist, während er sich aufrichtete, »selbst die besten Pläne können schiefgehen, wie der Kender sagte, bevor der Greif ihm den Kopf abbiß. Und jeder Silberdrache hat eine Wolke. Ich bin der neue Anführer, wie mir scheint.«

Er wischte Hammerkopf von seinen Händen ab und bückte sich, um dem armen Auger beim Aufstehen zu helfen.

Kapitel 14

Kang hielt den Stab fest und untersuchte ihn beim Laufen. Es bestand kein Zweifel, absolut keiner. Das war der Stab, den Huzzad ihm beschrieben hatte. Er leuchtete noch immer mattblau, und Kang konnte erkennen, daß der Stab aus schwarzem Onyx bestand, etwa die Länge seines Unterarms maß und von den fünf Drachen seiner Königin gekrönt war.

Die Drachenköpfe waren aus Silber, ihre Körper mit Rubinen, Smaragden, Saphiren, Diamanten und schwarzen Opalen besetzt. Die fünf Schwänze wanden sich um den Stab, bis sie sich zu einem Griff vereinten.

Es war das Schönste und Beeindruckendste, was Kang je gesehen, geschweige denn in Händen gehalten hatte. Er konnte die Zauberkraft des Stabs fühlen, spürte, wie sie seinen Körper durchflutete.

Kang begann zu glauben. Er begann zu glauben, daß alles wahr werden könnte. Vielleicht fanden sie tatsächlich die Dracheneier und konnten den Spruch vollenden, der die weiblichen Drakonier befreien würde. Vielleicht gab es eine Zukunft für sein Dorf. Vielleicht gab es eine Zukunft für seine ganze Rasse.

Natürlich waren da immer noch diese Dämonen von Chaos, die zu vernichten er Ihrer Dunklen Majestät gelobt hatte. Er hatte das Gefühl, daß diese Aufgabe mehr erfordern würde, als einen schleimigen Grell aus dem Weg zu räumen. Aber mit diesem wundervollen Stab in der Hand fühlte sich Kang jedem Gegner gewachsen – einschließlich Vater Chaos persönlich.

»Guter Fund, Sir«, merkte Slith an, der neben Kang herlief.

Der Sivak hielt die Blendlaterne, deren diffuses Licht er nun direkt auf den Stab richtete. Sliths Augen glitzerten. »Der sieht äußerst wertvoll aus.«

»Mehr als Ihr ahnt, mein Freund«, sagte Kang, dessen Stimme vor Erregung rauh klang. »Hier ist die Kreuzung, die wir gesucht haben.« Er gab das Signal zum Anhalten und griff nach der Karte. Seine Männer sammelten sich um ihn.

»Was ist los, Sir?« wollte Slith mit schneidender Stimme wissen.

Kang blickte seinen Stellvertreter überrascht an. Das sah Slith gar nicht ähnlich.

Der Sivak machte eine Handbewegung. »Ihr wolltet diesen Grell doch gar nicht angreifen, Sir. Zur Hölle, Ihr wolltet keineswegs unser Leben in Gefahr bringen, um diese haarigen, kleinen Ungeheuer zu retten. Und dann habt Ihr den Stab gesehen und seid einfach losgestürmt. Ihr wißt doch etwas, Sir? Ich sage, Ihr habt nach diesem Stab gesucht. Ihr wußtet, daß er hier unten sein würde. Was ist so besonders daran? Und warum habt Ihr Euch so seltsam verhalten?«

»Ihr habt uns noch nie angelogen, Sir«, pflichtet Gloth dem Sivak bei. Die anderen Drakonier starrten Kang mit ernsten Mienen an. »All die Jahre habt Ihr uns offen gesagt, womit wir es zu tun hatten. Wir haben gesehen, wie Ihr Euch in den letzten paar Tagen verändert habt, Sir. Wir fragen uns nur, was geschehen ist, das ist alles.«

»Blendet die Laterne ab«, befahl Kang. »Wir wollen doch keine Zielscheiben für die Zwerge abgeben.«

Slith gehorchte und schob das Türchen vor. Das Licht ging aus.

Im Schutz der Dunkelheit lächelte Kang traurig und seufzte. Er hatte sie nie angelogen, sagten sie. Zur Hölle, ein Kommandant belog seine Truppe dauernd. Das gehörte zu seinen Aufgaben.

»Ich bin sicher, der Kommandant weiß, was er tut.«

»Diese Elfen sind nicht so zäh, wie sie aussehen!«

»Dann sind sie eben elfmal mehr als wir! Wir haben uns schon aus ganz anderen Lagen befreit.«

»Was soll das heißen, Drachenangst? Hier ist kein Drache im Umkreis von hundert Meilen.«

Aber Kang wußte, daß seine Männer nicht diese Art Lüge meinten. Er war in den letzten Tagen oder Wochen oder wie lange sie schon in diesen Tunneln steckten eine lebende Lüge gewesen. Kang kam es so vor, als wäre es der größte Teil seines Lebens. Er wußte, die Zeit drängte, sie mußten sich beeilen. Es würde nicht lange dauern, bis sich die Zwerge von ihrem Schock erholt hatten und sich neu formierten. Aber das hier war sehr wichtig. Seine Männer verloren das Vertrauen zu ihm.

»Es tut mir leid, Jungs«, begann er, während er nach den passenden Worten suchte. »Es ist nur … Mir ist etwas widerfahren. Zuerst konnte ich es selbst kaum glauben, und als es dann soweit war, hatte ich Angst, niemand anders würde mir glauben. Bis ich sicher wußte, daß das, was geschehen war, die Wahrheit war, wollte ich keine falschen Hoffnungen wecken. Aber das hier«, er hielt den Stab hoch, »das ist ein Beweis. Ja, Slith, ich wußte von dem Stab. Ich habe nach ihm Ausschau gehalten. Erinnert Ihr Euch an diese Ritterin Huzzad? Auf unserem Weg durch die Berge ist sie mir begegnet. Sie hatte eine Botschaft der Königin der Finsternis für mich. Sie sagte mir, ich würde diesen Stab hier unten finden.«

Die Drakonier starrten den Stab im Finstern mit schwach leuchtenden, roten Augen an.

»Unsere Königin hat mir verraten, wo er zu finden wäre«, wiederholte Kang mit klarer, aber gedämpfter Stimme. »Huzzad hat mich in den Bergen aufgesucht. Sie hat mit mir gesprochen.«

Er erzählte ihnen alles, ohne etwas auszulassen. Sie hörten

schweigend zu, still, einige hielten vielleicht gar den Atem an. Als er fertig war, betrachteten sie ehrfürchtig den Stab. Einige streckten zaghaft die Klauen aus, um ihn zu berühren. Vielleicht brachte er Glück.

»Danke, Sir«, sagte Slith. »Und, Verzeihung, Sir. Ich wollte nicht … Es war nur …«

»Ich weiß, Slith«, beruhigte ihn Kang. »Ich weiß.«

Er seufzte abermals, nur diesmal vor Erleichterung. Bis zu diesem Moment war ihm nicht klar gewesen, wie schwer das Geheimnis auf ihm gelastet hatte. Jetzt fühlte er sich von dieser Last befreit und verspürte neue Kraft, neue Energie.

»Laßt uns gehen. Ich höre die Zwerge hinter uns. Wir müssen die Eier vor ihnen erreichen«, fügte er finster hinzu, »sonst hilft uns auch der Stab nicht mehr. Denn dann wird es keine Eier mehr geben.«

»Warum töten wir die kleinen Hunde nicht einfach?« fragte Gloth. »Wir warten hier und lauern ihnen auf.«

Kang hatte bereits daran gedacht, es jedoch verworfen. Er wußte, warum er die Zwerge nicht töten wollte, doch es war schwer, seine Gedankengänge in Worte zu fassen.

»Unsere Feinde könnten sich als nützlich erweisen«, zitierte er die Königin. »Wir wären ohne Warnung in diesen Grell hineingelaufen, wenn die Zwerge nicht rechtzeitig gekommen wären. Außerdem will ich keine Energie darauf verschwenden, sie zu töten. Denkt daran, Männer, Ihre Majestät hat uns als Gegenleistung für diesen Stab um einen Gefallen gebeten. Ich will, daß wir kampfbereit bleiben. Vorläufig lassen wir die Zwerge am Leben.«

»Vorläufig«, knurrte Gloth, dessen Zunge über seine Zähne zuckte.

Die Drakonier zogen weiter durch die Tunnel. Slith ging voran und blendete hin und wieder die Laterne auf. Die Gänge waren hier höher, so daß die Drakonier aufrecht gehen konnten, eine Wohltat, für die Kang überaus dankbar war. Er hatte jetzt schon das Gefühl, einen dauerhaften Rückenschaden davongetragen zu haben.

Sie kamen an einer Abzweigung nach links vorbei, an der Kang stehenblieb und die Karte prüfte. Der Haupttunnel führte geradeaus weiter. Diese Abzweigung schien ein kleiner Seitenstollen zu sein, welcher – der Karte nach – vom Haupttunnel wegführte und eine Meile weiter wieder in ihn einmündete.

»Das ist offensichtlich eine Art Abstellgleis, um die Eisenwagen von den Schienen zu räumen, wenn sie im Weg waren«, sagte Slith, der von einer kurzen Erkundung zurückkehrte. »Da drin wird ein Haufen Karren stehen.«

»Und der Stollen ist auf der Karte verzeichnet«, sagte Kang befriedigt. »Wir sind auf dem richtigen Weg.«

Er wollte seine Männer gerade weiterwinken, als Gloth innehielt. »Hört mal, Sir!«

Hinter ihnen aus dem Tunnel kamen Geräusche – ein Getrampel wie von vielen Paar schwerer Stiefel, die den Gang hinuntertrabten.

Die Drakonier zogen sich in die Schatten zurück und warteten.

»Denkt daran«, sagte Kang leise, »kein Töten, solange sie nicht damit anfangen.«

Schließlich kamen die Zwerge in Sicht. Die nachtsichtigen Drakonier nahmen sie als warme, leuchtende Körper wahr. Warme, leuchtende Körper, die nicht annähernd so munter wirkten wie vor ihrer Begegnung mit dem Grell.

Die Zwerge trotteten vor sich hin, marschierten mit eingesunkenen Schultern und gesenkten Köpfen und zogen schlurfend ihre Stiefel über den Boden.

Kang wartete, bis die vordersten Zwerge nur noch sechs Schritt entfernt waren, dann sprang er aus seinem Versteck und stieß ein furchterregendes Gebrüll aus.

Die Flügel ausgebreitet, fletschte er die Zähne und erhob

sich mit dem leuchtenden Stab in der Hand in die Luft. Er landete beinahe auf dem ersten Zwerg. Kang stieß einen Schlachtruf aus, stampfte auf und wedelte mit den Armen. Seine Flügel entfachten einen Wirbelsturm.

Der Zwerg starrte zu Kang auf, japste, drehte sich um und rannte Hals über Kopf in den Tunnel zurück. Sein Schrei und seine Flucht versetzten den Rest der Gruppe in Panik. Die Zwerge, die durch den Angriff des Grells und den Verlust ihres Anführers erschüttert waren, flohen vor diesem neuen, nur unklar erkannten Schrecken.

Kang hörte eine Stimme am Ende der Reihe mit ihnen schelten. Jemand versuchte, die Stampede aufzuhalten. Die einzelne Stimme fand nicht viel Gehör.

Die Zwerge hasteten davon.

»Es wird eine Weile dauern, bis sie sich wieder hierher vorwagen«, meinte Slith.

»So war es auch gedacht«, antwortete Kang.

☆☆☆

Die Drakonier folgten dem Tunnel im Laufschritt.

»Sir«, sagte Gloth, »ist Euch aufgefallen, daß es hier unten wärmer wird?«

Es war Kang bereits aufgefallen, und er fand es seltsam. Unterirdische Höhlen hatten stets dieselbe Temperatur, sommers wie winters. Aber hier wurde es eindeutig heißer, und zwar ziemlich rasch.

Er kam um eine Biegung, hinter der Slith und seine zwei Späher wieder angehalten hatten. Sie starrten in eine Höhle, in die der Tunnel mündete. Ein hellroter Glanz, der von der Höhle ausging, beleuchtete sie.

Der Weg, den sie nehmen mußten, führte genau in die Höhle – eine Höhle, die sich nach allem, was Kang auf der Karte gesehen hatte, überhaupt nicht an dieser Stelle befinden durfte.

Kang ging vor, um sich zu Slith zu gesellen. Der Sivak stand am Eingang und spähte hinein. Die Hitze, die herausdrang, war intensiv und traf Kang wie eine Welle, die ihn fast umgeworfen hätte. Und der Gestank – nach Schwefelsäure – ließ ihn angeekelt die Schnauze verziehen.

»Was ist das?« Kang blickte hinein und wagte zwei Schritte vor. Mehr schaffte er nicht.

Die Höhlenwände waren nicht grob behauen und mit Holz abgestützt wie die anderen Wände in all den anderen Höhlen und Tunneln, die von den Zwergen erbaut waren. Das Gestein hier in dieser war glatt und glänzend, als wäre es geschmolzen und dann wieder ausgehärtet. Felswellen bildeten die Wände, Steinbäche strömten über den Boden.

In der Mitte des Bodens befand sich eine gewaltige Grube.

Das feurige, rote Licht quoll tausendmal stärker aus dieser Grube hervor. Hitze strahlte von ihr aus, traf auf die Steinwände auf und drang unablässig auf Kang ein. Aber es war nicht nur die Hitze, die ihm zusetzte.

Angst stieg in ihm empor, bis ihm davon fast übel wurde. Er kannte diese Art von Angst, erkannte sie wieder, obwohl er sie noch nie so stark gefühlt hatte. Hastig wich Kang aus der Höhle zurück.

»Puh! Das stinkt!«

Kang blieb einen Augenblick stehen, um einen klaren Kopf zu bekommen. Er merkte, daß die Angst nachließ, wenn er die Höhle verließ, doch sie verschwand nicht vollständig.

Er fragte sich, was er tun sollte. Sein Instinkt befahl ihm, davonzurennen und immer weiter zu rennen, selbst wenn er bis Thorbardin und in eine zehntausend Mann starke Zwergenarmee rannte. Zehntausend Zwerge, zehn Millionen Zwerge waren nichts gegen das, was womöglich in dieser Grube lebte.

Leider lag die Schatzkammer auf der anderen Seite dieser Höhle.

»Da drin ist etwas, nicht wahr, Sir?« meinte Slith und musterte seinen Kommandanten. »Und was es auch ist, es bringt harten Stein zum Schmelzen.«

»Ich habe einmal einen roten Drachen gesehen, der das konnte«, warf Viss ein. »Das war, als ich unter Drachenfürst Verminaard diente. Sein Drache hat ein kleines Dorf auf den Ebenen abgefackelt. Die Steine glühten vor Hitze und zerliefen auf dem Boden.«

»Das habe ich auch gesehen. Aber ich glaube, das hier ist kein roter Drache.« Kang fügte nicht hinzu, daß er glaubte, es müsse sich um etwas weitaus Schlimmeres handeln. »Ihr anderen geht auf Kundschaft und seht euch genau um.«

Kang brauchte Ruhe, um nachzudenken. Um Zeit zu gewinnen, holte er die Karte heraus.

»Das ist kein Roter, nicht wahr, Sir?« fragte Slith leise.

Kang schüttelte den Kopf. »Ich war schon in der Nähe von Roten. Genau wie Ihr. Ich habe Ehrfurcht empfunden, aber nicht das, was ich in dieser Höhle verspürt habe. Seid Ihr hineingegangen?«

»Ja, Sir. Genau wie Ihr habe ich es nicht lange ausgehalten. Also, was machen wir jetzt? Ich glaube, diese Höhle war nicht auf der Karte.«

»Ist sie auch nicht.« Kang betrachtete die Karte. »Der Karte nach führt der Tunnel ohne Biegung oder Windung noch mindestens zwei Meilen geradeaus – und ganz sicher ohne einen Feuersee und eine Höhle aus geschmolzenem Gestein. Bis hierher war die Karte in jeder Hinsicht sehr genau. Ich kann mir nicht vorstellen, daß die Daewars dies weggelassen hätten.«

»Vielleicht liegt es an uns, Sir. Vielleicht haben wir den falschen Weg eingeschlagen.«

Kang vollzog in Gedanken ihren Weg nach und verglich ihn mit der Karte. »So schwierig war der nicht! Wir sind an der Abzweigung vorbeigekommen.« Er blickte auf den Boden.

»Da sind die Eisenschienen. Nein, das hier muß der richtige Weg sein.«

Wieder betrachtete Kang die Karte, denn er hatte eine Idee. »Seht mal, der Seitengang umgeht diesen Teil des Tunnels und kommt hier unten wieder heraus. Den Weg werden wir nehmen. Bringt die Männer leise hinaus. Was auch da drinnen ist, ich will es nicht stören. Ich –«

»Sir«, sagte ein Sivak. »Ich glaube, das hier solltet Ihr Euch mal ansehen.«

Das hörte Kang gar nicht gern. Immer wenn jemand wollte, daß er sich etwas ansah, bedeutete das Ärger. Niemand bat ihn je, sich einen prächtigen Sonnenuntergang anzusehen oder einen Blick auf ein paar Entenküken zu werfen, die auf einem Teich schwammen.

Er ging zu dem Sivak, der wie gebannt auf die Wand vor der Höhle starrte.

»Dort, Sir.« Der Sivak zeigte auf eine Stelle.

Kang sah hin. Er sagte nichts. Es gab nicht viel zu sagen.

Auf der Wand vor der Höhle war ein fünfköpfiger Drache in den Fels geritzt, das Abbild der Takhisis, Königin der Finsternis.

»Was bedeutet das, Sir?«

Kang fuhr sich mit trockener Zunge über die Zähne. »Das ist der Gefallen. Sie will, daß wir uns dem stellen, was da drin ist.«

»Und was es auch ist, es wird uns wahrscheinlich töten. Was nützt schon der Stab, Sir, wenn wir ihn nicht benutzen können, weil wir nicht mehr leben?« fragte Slith bitter. »Wir haben den Stab. Wir tun ihr ein anderes Mal einen Gefallen.«

Kang erinnerte sich an seine Begeisterung, als er den Stab zum ersten Mal gesehen, zum ersten Mal seine Macht gespürt hatte. Da hatte er seiner Königin keine Fragen gestellt. Er hatte ihre Weisheit nicht in Zweifel gezogen. Er hatte nicht in seinem Glauben gewankt.

Sollte er seinen Teil des Handels nun widerrufen? Sollte er seinen Treueeid brechen?

Kang war sich dessen bewußt, daß jene, die ihre Gelübde an die gefürchtete Königin brachen, selten die Chance bekamen, je wieder eins zu brechen. Aber er würde sein Versprechen nicht aus Angst halten, sagte er sich stolz. Er würde es halten, weil er es gegeben hatte. Eine Frage der Ehre.

Kang fummelte an seinem Lederharnisch herum und nahm das Medaillon ab, das seinen Rang symbolisierte. Wortlos händigte er es Slith aus.

»Was soll das, Sir?« fragte Slith. Er rührte seine Hände nicht, weigerte sich, es anzunehmen.

»Ihr habt jetzt das Kommando, mein Freund«, sagte Kang. Mit einem Griff befestigte er das Medaillon an Sliths Harnisch. »Wird auch höchste Zeit. Nehmt auch die Karte.« Er reichte sie Slith. »Ihr und die anderen sucht weiter nach den Dracheneiern. Ich behalte den Stab und kümmere mich um die Sache hier.«

»Nein, Sir«, widersprach Slith störrisch. Er nahm das Medaillon von seiner Rüstung und wollte es zurückgeben. »Ich gehe nicht fort und lasse Euch allein, Sir. Das tut keiner von uns.«

Die Sivaks und die Bozaks bekräftigten seine Worte.

Kang schüttelte den Kopf und verschränkte die Arme vor der breiten Brust.

Als Slith erkannte, daß Kang das Medaillon nicht zurücknehmen wollte, warf er es auf den Boden. Auch er verschränkte die Arme vor der Brust und stellte sich breitbeinig hin. »Nein, Sir. Ich gehe nicht.«

Kang entdeckte das Medaillon in der Finsternis und hob es auf. Während er sich bückte, sagte er fest: »Das ist ein Befehl, Slith.«

Slith funkelte ihn an. Der Sivak handelte von Zeit zu Zeit eigenmächtig, aber in all den Jahren, die sie gemeinsam gedient hatten, hatte er sich nie einem direkten Befehl widersetzt.

»Disziplin, Unterkommandant«, erklärte Kang ruhig. »Disziplin ist die einzige Möglichkeit, wie wir Chaos besiegen können.«

Slith starrte weiter seine Klauenfüße an, ohne einen Blick auf das Medaillon oder auf Kang zu werfen.

Kang wartete geduldig. Er vertraute darauf, daß sein Stellvertreter sich durchringen würde. Slith hatte ihn noch nie enttäuscht.

Immer noch ohne einen Blick auf seinen Kommandanten, nahm Slith Kang das Medaillon entgegen. Der Drakonier stieß die Nadel durch seinen Harnisch. Seine Hand zitterte; er mußte mehrmals ansetzen, ehe es ihm gelang.

»Danke, Slith«, sagte Kang, der einen Seufzer ausstieß. »Viel Glück. Euch allen.« Sein Blick schloß die gesamte Truppe ein.

Die Drakonier murmelten etwas zurück. Sie waren wie gelähmt vor Schreck. Kang war praktisch von Anfang an ihr Kommandant gewesen. Sie konnten sich nicht mehr an eine Zeit erinnern, wo Kang sie nicht geführt hatte.

Slith war ein guter Offizier. Sie würden sich bald an seine Führung gewöhnen.

»Ihr verschwindet jetzt am besten«, schlug Kang vor. Er konnte keine Befehle mehr geben.

»Ja, Sir«, erwiderte Slith. Er zögerte noch einen Moment, als hätte er noch etwas zu sagen. Aber dann sagte er es doch nicht. Statt dessen streckte er seine Klauenhand aus, ergriff im Dunkeln Kangs Hand und drückte sie.

Nachdem er sich umgedreht hatte, musterte Slith seine Untergebenen mit strengem Blick.

»Was zum Abgrund gibt es da zu starren? Ihr hattet es leicht genug in diesem Verein, aber jetzt führe ich das Kommando. Rührt euch! Marsch!«

Slith machte kehrt und führte seine Männer – seine Männer! – durch den Tunnel zurück, durch den sie gekommen waren. Er blickte sich nicht mehr um.

Die anderen Drakonier zögerten einen Moment, dann folgten sie ihm, und bald war Kang allein.

Er schaute in die rotglühende Höhle. Bevor er eintrat, legte er seine Hand auf das Symbol des fünfköpfigen Drachen, das in die Wand geritzt war, und bat seine Königin um ihren Segen.

Mit dem Stab in der einen Hand und dem Schwert in der anderen ging er sein Repertoire an magischen Sprüchen durch und schritt auf die Grube zu.

Kapitel 15

Mit viel Armwedeln, Schreien, Drohen und Bartzerren gelang es Selquist schließlich, die panikartige Flucht der Zwerge zu stoppen.

»Halt! Halt! Seid ihr denn alle verrückt geworden?« zeterte er.

Die Zwerge kamen heftig keuchend zum Stehen, wobei sie nervöse Blicke nach hinten warfen. Sie waren fast bis zu der frisch reparierten Brücke zurückgelaufen.

»Ich bin von euch allen zutiefst enttäuscht«, fauchte Selquist. »Noch nie habe ich solche Feiglinge erlebt!«

Die Zwerge reagierten mürrisch und trotzig. »Du hast ja nichts gesehen«, sagte einer von ihnen. »Weil du ganz hinten am Ende gegangen bist. Hinten, wo es sicher war.«

»Ich war die Nachhut«, erklärte Selquist würdevoll. »Und mich würdet ihr nicht vor einer Gefahr davonrennen sehen. Schließlich habe ich den Grell angegriffen. Und so was nennt sich Hügelzwerge! Gossenzwerge wäre passender.«

Dieser Vorwurf traf sie hart, denn Gossenzwerge waren allgemein als die größten Feiglinge auf Krynn bekannt. Die Zwerge zogen bei dieser Beleidigung finstere Mienen, doch einige waren anscheinend der Meinung, sie hätten sie verdient. Beschämt ließen sie die Köpfe hängen.

Eine andere Stimme meldete sich trotzig zu Wort: »Du warst nicht da, Daewar. Nur die Drakonier. Und die haben den Stab, der den alten Hammerkopf verbrutzelt hat. Mit denen lege ich mich nicht mehr an.«

Mehrere Zwerge äußerten murmelnd ihre Zustimmung.

Selquist stellte sich auf die Zehenspitzen und spähte über ihre Köpfe. »Wer ist das da hinten? Vellmer?«

»Ja, genau.« Der untersetzte, schwarzbärtige Braumeister, dessen Nase immer gerötet war, weil er ständig seine Erzeugnisse probieren mußte, stapfte nach vorn. Durch die buschigen, schwarzen Augenbrauen, die sich in der Mitte seiner Stirn trafen, zeigte sein Gesicht immer einen grimmigen Ausdruck.

»Du warst doch Hammelkopfs Leutnant, Vellmer. Ich schätze, das bedeutet, daß du nach dem unglücklichen Dahinscheiden des armen, alten Hammelkopf die Truppe übernommen hast«, vermutete Selquist.

Vellmer versetzte Selquist einen Stoß, der ihn ein paar Schritte zurückwarf.

»Du redest gefälligst respektvoller von dem Toten«, raunzte Vellmer ihn an.

»Das ist etwas, was ich noch nie begriffen habe«, meinte Selquist. »Solange jemand lebt, darf man über ihn so schlecht reden, wie man will, aber kaum ist er tot und kann einem bestimmt nichts mehr tun, darf man kein Wort mehr gegen ihn sagen. Ach, was soll's. Ich will keinen Streit.«

Selquist trat vor und legte Vellmer freundlich die Hände auf die Schultern.

»Schau mal, Vellmer. Du hast dir das ja gar nicht ausgedacht. Hammelk – ich meine, der gute, alte Hammerkopf war es doch, der alle dazu aufgehetzt hat, die Dracheneier zu zerschlagen. Wenn du also deine Jungs nehmen und umkehren willst, dann kann ich doch davon ausgehen, daß ihr allein den Weg findet?«

Der Braumeister versteifte sich und musterte Selquist mit einigem Mißtrauen. »Ich kenne den Weg«, knurrte er. »Und ich hätte nicht übel Lust, genau das zu tun. Wir sind gekommen, um Dracheneier zu zerstören. Nur wußten wir nicht, daß wir gegen Grells und Drakonier mit Zauberstäben kämpfen sollten.«

»Ein Grell«, sagte Selquist. »Bleiben wir bei der Sache. Und der war ziemlich mickrig. Aber, geht nur, wenn ihr wollt.«

»Wir gehen«, entschied Vellmer und wandte sich dem Tunnel zu. Seine Männer begleiteten ihn.

»Das bedeutet nur einen um so größeren Schatz für uns übrige«, rief Selquist. »Du hättest Hammelkopfs Anteil bekommen. Ein Zweihundertstel.«

Die Zwerge hielten abrupt an.

»Was soll das?« schimpfte Vellmer, als ihm auffiel, daß ihm niemand mehr hinterhermarschierte. Er drehte sich um, polterte zurück und murrte unablässig. »Was haben wir schon von einem Schatz, wenn wir tot sind und ihn nicht mehr ausgeben können?«

»Es war wirklich ein ziemlich mickriger Grell«, meinte einer der Zwerge.

»Und wahrscheinlich sogar der einzige«, fügte ein anderer hinzu.

»Und was ist mit den Drakoniern?« wollte Vellmer wissen.

»Vielleicht fallen sie in eine Grube«, hoffte wieder ein anderer Zwerg.

Selquist klopfte Vellmer auf die Schulter. »Zu schade, daß du es so eilig hast. Von hier ab schaffen wir's. Wird ein bißchen anstrengend, den ganzen Schatz allein zurückzuschleppen, aber das kriegen wir schon hin.«

»Den ganzen Schatz, sagst du?« Vellmer faßte Selquist ins Auge. »Ein großer? Stahl und Gold und Silber und Edelsteine und so?«

»Mehr, als du dir vorstellen kannst«, sagte Selquist.

Vellmer überdachte die ganze Sache. »Also, was diese Dracheneier angeht …« Er runzelte die Stirn und machte ein sehr ernstes Gesicht. »Es ist unsere Pflicht, sie zu zerstören. Das ist mir jetzt klar. Und wenn das getan ist, helfen wir euch, den Schatz zu tragen.«

»Du bist ein echter Neidar, Vellmer«, lobte Selquist und

schüttelte dem Zwerg die Hand. »Ein Edelmann und ein Braumeister, wie ich schon immer gesagt habe.«

»Aber wie kommen wir an den Drakoniern vorbei?« fragte sich Auger.

Selquist zog die Karte heraus. »Bringt mal die Fackeln hier herüber. Seht, wir müssen nicht denselben Weg nehmen wie die Drakonier. Da ist ein Seitenstollen, der abzweigt, herumführt und dann …« Er hielt inne und blinzelte auf die Karte.

»Dann was?« Vellmer warf einen Blick über die Schulter. »Dann endet er in einem Tintenklecks?«

Selquist funkelte Auger an.

»Tut mir leid«, sagte Auger. »Die Feder hat getropft.«

»Macht nichts«, sagte Selquist verstimmt. »Aber, wie ihr seht, wenn wir erst hinter dem Klecks sind, geht es geradewegs zum Schatz. Wir sollten uns lieber sputen. Die Drakonier haben einen ziemlichen Vorsprung.«

Die Zwerge bildeten zwei Reihen, eine hinter Vellmer und eine hinter Selquist. Die beiden Anführer verfielen in Laufschritt, um das Tempo anzugeben. Die Zwerge folgten ihnen auf dem Fuß. Obwohl diese Zwerge in den Bergen geboren und aufgewachsen waren, nicht unter ihnen, hatten sie Felsenstaub im Blut, wie das Sprichwort sagte. Sie kamen rasch vorwärts, holten verlorene Zeit auf und fanden bald die Abzweigung.

»Horcht mal!« sagte Vellmer, der stehenblieb. »Hört ihr das?«

Sie hörten es alle – das Geräusch von Klauenfüßen, die über Gestein kratzten.

»Die Drakonier!« rief Mortar. »Sie kommen zurück!«

»Warum machen sie das?« schimpfte Selquist verärgert. »Sie sind einfach lästig. Allmählich tut es mir richtig leid, daß ich sie hier heruntergeführt habe.«

»Schnell!« drängte Vellmer. »Sputet euch! Alle in den Tunnel, bevor sie uns sehen!«

Die Zwerge sausten in den Seitenstollen. Sie rannten an den verlassenen Erzkarren vorbei und liefen weiter, bis sie glaubten, sie wären weit außer Sicht- und Hörweite der Drakonier. Als sie anhielten, um zu lauschen, hörten die Zwerge nichts.

»Sie müssen vorbeimarschiert sein. Vielleicht geben sie auf und ziehen nach Hause«, ließ sich Pestel hoffnungsvoll vernehmen.

»Da bin ich nicht so sicher«, sagte Mortar mit leiser Stimme. »Ich habe so ein unangenehmes Gefühl. Als ob uns jemand beobachtet.«

»Alles, was ich fühle, ist die Hitze!« nörgelte Auger, der sich den Schweiß von der Stirn wischte. »Unter der Erde sollte es eigentlich nicht heiß sein, oder?«

»Nein«, sagte Vellmer, »das stimmt. Es ist zu heiß, und wir werden beobachtet. Das spüre ich. Hier stimmt etwas nicht.«

»Hier stimmt alles.« Selquist studierte seine Karte. »Dieser Seitengang führt uns zum Haupttunnel zurück. Die Schatzkammer liegt genau vor uns.«

Selquist legte einen Schritt zu. Seine Aufregung steckte die anderen an. Sie hasteten mit vor Hitze und Aufregung geröteten Gesichtern hinter ihm her. Schließlich kamen sie um eine Biegung im Tunnel und sahen vor sich eine riesige Höhle.

»Das muß sie sein!« rief Selquist.

»Und warum strahlt der Schatz dann ein rotes Licht aus?« fragte Auger.

»Der Glanz des Goldes!« erklärte Selquist. Er blieb einen Augenblick stehen, um sich den Schweiß aus den Augen zu wischen. »Das Strahlen der Rubine. Die magische Aura der Zauberbücher!«

»Und wieso riecht es so übel?« Mortar hielt sich die Nase zu.

»Das sind bestimmt die Dracheneier«, sagte Selquist. »Wahrscheinlich sind sie nach all der Zeit verfault. Hier! Da ist es!«

Der Tunnel, durch den sie zogen, führte in eine gewaltige Höhle. Die Zwerge sammelten sich am Eingang und starrten hinein.

Rotes Licht strahlte aus einer Grube in der Mitte der Höhle. Es herrschte eine sengende Hitze, welche die Zwerge zwang, ihre Gesichter zu bedecken.

»Um die Dracheneier brauchen wir uns nicht mehr zu sorgen«, sagte Vellmer düster. »Wenn sie da drin sind, sind sie inzwischen hartgekocht!«

»Selquist, das ist nicht die Schatzkammer. Diese Höhle hat die falsche Form. Dieser Raum hier ist nicht einmal auf der Karte«, erklärte Mortar. »Wir müssen einen falschen Weg eingeschlagen haben!«

»Seht euch das an!« stellte Pestel ehrfürchtig fest. »Die Felswände sind geschmolzen! Wie Butter oder so was!«

Die Aufregung der Zwerge war ebenso dahingeschmolzen. Sie standen schwitzend vor der Höhle und befingerten nervös ihre Waffen.

»Dieser Ort kommt mir unheimlich vor«, sagte Vellmer leise.

»Und er dürfte eigentlich gar nicht da sein«, wiederholte Mortar.

»Oder wir dürften gar nicht hier sein«, schluckte Pestel.

»Pah!« In Selquists Stimme schwang deutlich mehr Mut mit, als er tatsächlich fühlte. Sein Magen wand sich, als ob er einen Weg aus seinem Körper suchte. »Wir sind auf eine Lavagrube gestoßen. Das ist alles. Wahrscheinlich ist der Boden einige Zeit, nachdem der Schatz hier versteckt wurde, eingestürzt, deshalb steht sie nicht auf der Karte. Diese Höhle ist ein ganz natürliches Phänomen, das durch … durch …«

»Durch Erdbewegungen entstanden ist«, half ihm Mortar aus.

»Danke.« Selquist schob sich auf den Höhleneingang zu und blickte hinein. Er mußte wegen des feurigen Lichts die

Augen zusammenkneifen. »Ich kann einen Ausgang sehen … da hinten.«

Die anderen Zwerge scharten sich hinten am Eingang zusammen.

»Du hast recht.« Vellmer gab dem Ausgang seine offizielle Daseinsberechtigung. »Das ist der Weg nach draußen. Aber um hinauszukommen, müssen wir leider hineingehen.«

Keiner schien dazu gewillt zu sein.

»Also gut«, sagte Selquist im Versuch, die Begeisterung wieder zu entfachen. »Wir gehen rein, wie unser Vellmer sagt, umrunden die Lavagrube und gehen wieder raus. Das ist alles.«

»Ich weiß nicht, Selquist. Da drin ist irgend etwas, das uns nicht will«, erklärte Pestel mit unsicherer Stimme, während er sich mit der Bartspitze den Schweiß vom Gesicht wischte.

Die Zwerge standen da, sahen einander an und dann zweifelnd zurück in die Höhle.

»Ich gehe hinein«, beschloß Selquist endlich und marschierte auf den Eingang zu.

Vellmer erwischte Selquist an seinem Lederharnisch und riß ihn zurück.

»Und stopfst dir die Taschen mit dem Schatz voll, während wir nicht dabei sind?« Der Braumeister schnaubte. »Wir gehen alle, oder keiner geht.«

»Dann gehen wir alle«, sagte Selquist erleichtert. Er hatte überhaupt nichts gegen ihre Gesellschaft einzuwenden. Er hatte nur einen einzigen Schritt in die Höhle gemacht, und obwohl der Raum ungeheuer heiß war, hatte er eine seltsame, unerklärliche Kälte an seinem Rückgrat gespürt.

Zusammengedrängt, mit gezückten Waffen und ernsten, schweißnassen Gesichtern rückten die Zwerge langsam in die roterleuchtete Höhle vor.

Kapitel 16

Die Drakonier schlichen leise den Haupttunnel hinunter. Jeder Klauenfuß bewegte sich mit äußerster Vorsicht. Ihre Flügel zitterten von der Anstrengung, sie ruhig zu halten. Ihr neuer Kommandant hatte schlechte Laune, und keiner wollte seine Aufmerksamkeit auf sich ziehen. Zwei Drakonier rieben sich bereits die Stellen, wo er ihnen einen Knuff versetzt hatte. Ihr einziges Vergehen war ein Klicken der Schuppen gewesen, die sich wegen der mörderischen Hitze spreizten.

Zum Glück nahm die Hitze langsam ab, während sie sich von der seltsamen, roterleuchteten Höhle entfernten.

Die Drakonier zogen den Tunnel entlang, bis sie den Seitenstollen erreichten. Slith hielt an, starrte den abzweigenden Tunnel an und verfluchte dessen Existenz. Wäre er nicht gewesen, hätte sein Kommandant sie niemals fortgeschickt. Dann würde sein Kommandant dem, dem er jetzt entgegentrat, nicht allein entgegentreten.

Slith stieß im Vorbeigehen mit dem Fuß gegen eine Felswand. Mürrisch und verdrossen führte er seine Truppe in den Seitengang. Er kam so plötzlich zum Stehen, daß die anderen hinter ihm zur Seite springen mußten, um nicht in ihn hineinzulaufen. Keiner wollte ihn anrempeln.

»Riecht ihr das? Zwerg!« flüsterte Slith, der zu seinen Männern zurückschaute. »Licht aus!«

Die Drakonier nickten. Derjenige, der die Blendlaterne hielt, schloß schnell den Metallschieber.

»Sie sind vor uns in dem Seitengang. Ich kann sie atmen

hören. Bei der Königin der Finsternis«, fügte er inbrünstig hinzu. »Diesmal werde ich diese Wanzen endlich auslöschen.« Er sah zu den anderen zurück. »Die Messer raus«, befahl er. »Schnell und leise.«

Er zog sein Messer. Die anderen Drakonier taten es ihm nach. Ihre Augen glühten in der lastenden Dunkelheit rot. Alle fühlten sich extrem erleichtert. Ein paar Zwerge abschlachten, das würde ihren Kommandanten aufheitern.

Tief gebückt, um in den Tunnel zu passen, schlüpften die Drakonier in den schmalen Gang, achteten auf jeden Tritt und sorgten dafür, daß ihre Schwerter nicht an den Felswänden entlangschrammten oder ihre Flügel die Decke streiften. Sie rissen den Mund auf und züngelten, denn sie rangen um Luft. Die Hitze stieg wieder an.

Slith kam um die Biegung im Tunnel.

Der rote Glanz aus der Kammer überflutete ihn; die erstickende Hitze und der Schwefelgestank stiegen um ihn herum auf. Slith grinste vor Glück.

»Danke, Majestät!« sagte er in sich hinein. »Und vergib mir, daß ich an dir gezweifelt habe. Und all die schlimmen Dinge, die ich über dich gesagt habe – auch die tun mir leid.«

Er zog die Karte heraus und hielt sie in das Licht, das von der Kammer ausging. »So ist das also«, murmelte er. »Die Feuergrube versperrt jeden Zugang zum Schatz, denn der liegt auf der anderen Seite. Wir sind hier oben.« Er legte seinen Finger oben auf die Karte. »Der Kommandant ist hier unten.« Er fuhr mit seinem Finger nach unten. »Und die verfluchten Zwerge haben wir zwischen uns in der Zange.«

Er drehte sich zu seinen Männern um. »Kommt schon, Männer! Wir wollen –«

Seine Worte, ja, selbst seine Gedanken gingen in einem Knall unter, der die ganze Höhle erzittern ließ. Die Drakonier stützten sich an den Wänden ab, welche unter ihren Händen erbebten. Der Knall verhallte, nur um von einem unheilverkündenden Grollen gefolgt zu werden, das leise begann und an Lautstärke zunahm, bis es die Luft aus der Höhle und den Mut aus den Drakoniern zu saugen schien.

Vor ihnen hörten sie – neben dem Grollen – das Geräusch rauher Stimmen, die vor Entsetzen aufschrien. Das rote Licht wurde heller, so hell, daß es in den Augen schmerzte. Mit dem Licht kam eine Hitzewelle und ein fauler, stickiger Geruch. Schlimmer als die Hitze und das grelle Licht war die grauenvolle Angst, welche die Drakonier erfaßte und sie schüttelte wie ein Wolf einen zerrissenen Kadaver.

Sie erkannten diese Angst. Sie hatten sie schon früher gefühlt, nur niemals so mächtig, so stark. Sliths Knie wurden weich, seine Flügel sanken schlaff herunter, seine Klauenhände verkrampften sich. Sein Mund war so trocken, daß er seine Zunge nicht bewegen konnte.

»Drache!« krächzte ein Drakonier hinter ihm.

»Dann muß es die Mutter aller goldenen Drachen sein«, murmelte Slith. Weiter vorn konnte er Flüche und Schreie hören, die von den Zwergen stammten. Slith drehte sich um und gab seinen Männern das Zeichen zum Rückzug. »Wir schleichen uns einfach weg, solange der Drache sich noch an Zwergenfleisch gütlich tut. Dann –«

Slith wurde still. Er hatte eine andere Stimme gehört, welche laut und trotzig schrie – auf drakonisch.

»Der Kommandant!« schrie Gloth auf. »Er hat den Kommandanten!«

Kang kämpfte allein gegen den Drachen. Slith überwand die Drachenangst und schluckte sie, würgte sie hinunter. Die Angst rollte in seiner Magenkuhle herum, aber damit wurde er schon fertig.

Mit gezogenem Schwert rannte er den Gang hinunter, genau auf das Inferno zu. Die anderen Drakonier waren dicht hinter ihm.

Kapitel 17

Kang konnte sich nicht rühren. Entsetzen lähmte ihn, würgte ihn, drehte sein Innerstes nach außen. Er starrte in die Grube und erkannte nun, da er näher dran war, daß er wegen des Winkels, durch den er eingetreten war, nicht alles gesehen hatte. Was er gesehen hatte, war nur ein kleiner Teil einer enormen Grube, die mit Feuer und geschmolzenem Fels angefüllt war, blubberndem, brodelndem Magma.

Ein Kopf tauchte auf. Der Kopf eines Drachen, doch einen solchen Drachen hatte Kang auf ganz Krynn noch nicht gesehen.

Es war ein Drache aus Feuer. Seine Schuppen waren schwarz, aber das Rot seines Feuerkörpers leuchtete schaurig darunter hervor. Seine Mähne bestand aus Flammen, die in der Luft knisterten. Aus seinem geöffneten Maul drangen giftige Gase.

Er erinnerte sich an Huzzads Worte: »Alles, was ich sehe, ist Feuer, in dessen Flammen die Helden verglühen und sterben. Ich sehe, wie die Welt verglüht und stirbt.«

Das hier war das Geschöpf von Chaos. Das war es, was die Helden töten und Krynns Untergang mit sich bringen würde.

Die klauenbewehrten Vorderpranken des Drachen gruben sich in den Fels am Rand der Grube. Er zog sich aus der Lavagrube hoch. Seine Augen waren dunkel und so leer wie ein Universum, in dem es kein Leben mehr gab. Diese Augen durchbohrten Kang. Der Bozak sah nicht nur seinen eigenen Tod vor sich, sondern den Tod aller lebenden Wesen. Er sah den Tod der Götter. Angst zermalmte die Hoffnung, zerstampfte sie und verstreute die Asche.

Kang konnte nicht atmen. Der stinkende Odem des Drachen vergiftete die Luft. Die Hitze, die von seinem Körper ausging, schien Kangs Füße mit dem Boden verschmelzen zu lassen. Seine Hände wurden so schlaff, daß ihm fast der Stab entglitten wäre. Mit wachsender Panik umklammerte er ihn und fühlte dabei die Macht, die in seiner Hand pulsierte. Der Stab leuchtete in einem intensiven, strahlendblauen Licht, demselben unheiligen Schein, den der Schwarze Mond ausstrahlte.

Doch gegen das lebende Inferno des Feuerdrachen erschien der Stab dünn und zerbrechlich. Ein Hauchen des Drachen würde den Stab – und Kang! – einäschern. Dieses Wesen konnte er nicht bekämpfen! Nichts und niemand konnte dieses Wesen bekämpfen! Nicht die Schwarzen Ritter, nicht die Königin der Finsternis persönlich. Und gewiß kein einzelner Drakonier.

Mit großer Anstrengung löste Kang seine Füße vom Boden, kehrte dem Drachen den Rücken und wandte sich zur Flucht. Die Hitze versengte die Flügel; er biß sich auf die Zunge, um nicht vor Schmerz aufzuschreien. Taumelnd lief er davon. Der Ausgang schien eine Ewigkeit entfernt zu sein.

Disziplin, mahnte eine strenge Stimme. Disziplin ist das einzige Mittel, das Chaos besiegen kann.

Kang erkannte diese Stimme als seine eigene. Er blickte auf den Stab, sah sein Licht schwinden, seinen Puls schwächer werden. Die Hitze reichte, um sein Blut zum Kochen zu bringen. Orangerote Flammen leckten an seinen Schuppen.

»Disziplin«, sagte Kang, preßte das Wort durch die zusammengebissenen Zähne.

Von seinen Männern erwartete er, daß sie seinen Befehlen gehorchten. Was würden sie von ihm denken, wenn sie ihn vor Entsetzen davonrennen sahen? Wenn er nun überlebte? Er würde nie wieder einen Befehl geben können. Nie wieder könnte er seine Männer bitten, an ihn zu glauben. Nie wieder könnte er sie bitten, ihr Leben aufs Spiel zu setzen.

Wenn ihn das erwartete, konnte er genausogut gleich hier sterben. Und er konnte genausogut im Kampf sterben.

Deshalb drehte Kang sich um und stellte sich dem Feuerdrachen. Der Stab pochte wieder schneller. Mächtige, magische Energie durchlief Kang.

Der feurige Kopf hing drohend über ihm, aber als er diesem einen, furchtbaren, todbringenden Drachen gegenüberstand, ohne jede Hoffnung, ihn zu vernichten, oder auch nur zu überleben, sah Kang aus einer Öffnung im oberen Teil der Höhle eine Gruppe Zwerge auftauchen.

Auf den Gesichtern der Zwerge stand ein Schrecken geschrieben, der seinem eigenen gleichkommen mußte.

Kang sah sie, dann vergaß er sie. Ein Feind nach dem anderen.

Instinktiv tastete seine Hand nach seinem Schwert. Er malte sich aus, wie er nah genug an das Untier herankommen könnte, um es zu treffen, verwarf diese Idee jedoch. Er würde in Flammen aufgehen, ehe er auch nur in Reichweite kam. Seine Königin hatte ihm den Stab geschenkt. Er würde ihn benutzen, auch wenn er keine Ahnung hatte, wie er funktionierte. Zumindest würde er vielleicht die paar Sprüche verstärken, die er kannte.

Der Drachenkopf senkte sich, kam näher. Seine Augen fixierten Kang. Die Augen waren leer. Sie enthielten nichts: keinen Haß, keinen Hunger, keine Angst. Der Drache würde ihn umbringen, würde Kang sterben sehen, ohne etwas dabei zu fühlen. Kang hätte viel lieber gegen einen aufgebrachten Elfenlord gekämpft, der beim Tod seines Feindes wenigstens etwas fühlte, selbst wenn es nur Begeisterung wäre. Das einzige Ziel dieses Drachen war, jedes lebende Wesen zu vernichten, das ihm über den Weg lief. Feuer loderte aus seinem geschlossenen Maul hervor. Vor dem Schein der Flammen standen seine schwarzen Zähne. Der Kopf kam noch näher. Die Kiefer klafften auseinander.

Dämpfe erfüllten die Luft, vergifteten sie, machten das Atmen unerträglich. Kang konnte sich vorläufig nur zurückziehen. Mit angehaltenem Atem lief er zum Eingang. Dort sog er die vergleichsweise frische Luft in tiefen Zügen ein, dann trat er wieder in die Höhle.

Die Hitze forderte ihren Tribut. Mit seinem von der Hitze benommenen Verstand ging Kang seine magischen Sprüche durch. Im Gegensatz zu anderen Rassen hatten Drakonier mit extremen Temperaturen ihre Schwierigkeiten. Er mußte etwas tun, um die Hitze zu bekämpfen, ehe er auch nur daran denken konnte, gegen den Drachen vorzugehen. Sein erster Spruch galt daher ihm selbst.

»Wasser ...« murmelte Kang durch seine verbrannte, ausgedörrte Kehle. Seine Klauenhände fuhren das Symbol an der Wand hinter ihm nach.

Dann suchte er eilig, prüfte die Steinwand, den Boden.

Nichts. Kang verzweifelte. Er hatte sich wenigstens ein Rinnsal erhofft, in dem er sein Gesicht waschen und seine Schuppen kühlen konnte, die sich durch die Hitze weit spreizten und seine Lippen zu einem starren Grinsen zwangen. Die Zunge hing ihm aus dem Maul.

Der Drache hatte ihn beobachtet. Er spielte nicht mit ihm, wie es einer dieser kurzsichtigen, rachsüchtigen Silberdrachen getan hätte. Dieser Drache griff nicht an, weil er – wie Kang zu wissen glaubte – nicht die Notwendigkeit dazu sah. Wozu die Energie verschwenden? Er würde sowieso bald den Hitzetod sterben.

Der Drache fuhr damit fort, seinen riesigen Körper aus der Grube zu hieven. Der Steinboden und die Wände strahlten Hitze aus. Kang fühlte sich, als ob er lebendig in einem Ofen gebraten würde.

»Wasser! Majestät! Ich bitte dich –«

Der Stab in seiner Hand flammte blau auf. So viel Macht ging von dem Stab aus, daß Kang ihn vor Überraschung beinahe fallen gelassen hätte.

Eiskaltes, herrliches Wasser ergoß sich über Kang. Wasser floß die Wände hinab, strömte über den Boden. Wasser linderte die Schmerzen seiner verbrannten Füße, kühlte seinen Körper, setzte sein Denken wieder in Gang.

Das Wasser toste wie ein Sturzbach aus der Decke, über den Boden und in Kaskaden in die Grube. Dampfwolken stiegen auf.

Nachdem Kang die Lethargie abgeschüttelt hatte, die ihm beinahe zum Verhängnis geworden wäre, planschte er im Wasser herum und versuchte verzweifelt, sich den nächsten Spruch auszudenken, einen Spruch, der den Drachen töten würde. Das Wasser strömte noch immer herab; die Höhle war voller Dampf. Kang verlor das feurige Wesen kurzfristig aus den Augen.

Aber er konnte es brüllen hören, und das klang, als ob es Schmerzen hätte. Als Kang sich nach vorn warf, um mehr zu erkennen, stellte er fest, daß sein Spruch eine unerwartete Wirkung hatte.

Ein wahrer Sturzbach, der von oben herabflutete, überströmte den Drachen. Seine Schuppen, die sich nun zusammenzogen, brachen. Der rote Glanz des Drachen ließ nach. Wieder brüllte er vor Wut.

Immer noch ergoß sich Wasser über den Drachen. Das feurige Licht, das die Höhle erleuchtet hatte, ließ langsam nach. Das Brüllen des Drachen wurde zu einem wütenden Heulen. Das Untier hatte es geschafft, den oberen Teil seines Körpers aus der Flammengrube zu ziehen, aber der untere Teil steckte noch in der Lava, während er obere Teil rasch abkühlte.

Der Drache schnappte nach Kang, doch seine Bewegungen waren langsam und linkisch, so daß der Drakonier leicht ausweichen konnte. Die Drachenklauen kratzten über den Fels. Der obere Teil seines Körpers wurde immer schwerer; der untere Teil konnte ihn nicht länger tragen. Der Drache zog sich zurück, sank langsam in die Grube zurück.

Kang keuchte ermutigt auf, doch seine Erleichterung war nur von kurzer Dauer. Soweit er wußte, lag der einzige Ausgang auf der anderen Seite dieser Höhle. Wenn er dem Drachen gestattete, jetzt zu entkommen, würde er sich wahrscheinlich bald erholen. Dann mußte er ihn später erneut bekämpfen. Er mußte den Drachen daran hindern, in seinen Hort zu entkommen.

Das Wasser, das ein Segen gewesen war, erwies sich nun als Fluch. Es reichte Kang bis über die Knie, was seine Bewegungen erschwerte. Kang watete durch die Flut, doch es war klar, daß er den Feuerdrachen nicht mehr rechtzeitig erreichen würde. Ehe er ihn mit dem Schwert treffen konnte, würde der Drache verschwunden sein.

Jetzt hätte er all das Wasser gern gegen ein paar herunterdonnernde Felsen eingetauscht …

»Schlamm!« sagte Kang und blickte zur Decke.

Nichts geschah, aber dieses Mal war er vorbereitet. »Ich bitte dich, Majestät …«

Der Stab leuchtete blau auf. Die steinerne Höhlendecke über dem Drachen verformte sich, triefte und verflüssigte sich. Eine Schlammlawine brach über den Drachen hinein; Schlamm regnete in die Grube. Bald bedeckte der Schlamm den Oberkörper und den Kopf des Drachen vollständig. Kang konnte ihn weder sehen noch hören. Der Schwanz des Drachen peitschte aus der Grube hoch und schleuderte geschmolzene Lava über die Wände, aber bald wurde der Schwanz schlaff. Kang konnte nur hoffen, daß der Drache tot war.

Erschauernd holte Kang Luft. Er wollte gerade gehen und versuchen, Slith und den Rest der Truppe einzuholen, als Boden und Wände zu zittern begannen.

Als er aufsah, wußte der Drakonier sofort, was geschah. Der wogende Schlamm konnte das Gewicht der Decke darüber nicht mehr halten. Dieser Teil der Höhle würde über ihm zusammenbrechen.

Kang wollte auf den Ausgang zurennen, zu dem Weg, auf dem er gekommen war, sah ihn jedoch in einem Erdrutsch aus Schlamm und Gestein versinken, der bald Kang selbst überrollen würde. Er stand kurz davor, das Schicksal des Drachen zu teilen.

Also drehte Kang sich um und schlug den einzigen Weg ein, der sich ihm bot, den einzigen, der ihm geblieben war. Er rannte tiefer in die Höhle.

Er konnte vor lauter Dampf nichts sehen, aber er erinnerte sich daran, am anderen Ende der Höhle einen Ausgang bemerkt zu haben. Es war weit bis dorthin, und um ihn zu erreichen, mußte er an der Feuergrube vorbei.

Kang rannte schneller, als er je in seinem ganzen Leben gelaufen war, platschte mit seinen Füßen durchs Wasser. Hier ging es aufwärts, das Wasser wurde flacher. Und dann war er auf trockenem Gestein, heißem Stein. Angesichts der Schmerzen in seinen verbrannten, blasigen Füßen biß er die Zähne zusammen und rannte weiter.

Er umrundete die Grube, schlug einen weiten Bogen, als er im Augenwinkel eine Bewegung zwischen dem Gestein erhaschte.

Schwarze, leere Augen starrten aus der Grube herauf.

Kapitel 18

Die Zwerge wagten ein paar zögernde Schritte in die Höhle. Die Hitze war drückend, die Dämpfe erstickend. Die Grube aus geschmolzenem Gestein glühte heißer als die heißesten Schmiedefeuer. Diejenigen, die wagemutig genug waren, einen Blick hineinzuwerfen, sahen die Lava blubbern und brodeln. Der Ausgang lag in einem Winkel von etwa neunzig Grad zu ihrer Linken. Die Grube lag genau vor ihnen.

Die Zwerge wichen an die glatten Wände der Höhle zurück und schlichen am Rand entlang. Aus der Grube drang eine Bruthitze, und ein Gefühl von Todesangst wrang so sicher den Mut aus jedem Zwerg wie den Schweiß aus ihren Bärten. Die Zwerge umklammerten ihre Streitäxte und zogen weiter.

»Ich habe Augen gesehen!« schrie Auger und zeigte auf die Grube. »Augen in der Grube!«

Die anderen Zwerge kamen zum Stehen. Ihre Gesichter glänzten vor Schweiß. Ihre Axtklingen leuchteten im Rot der geschmolzenen Lava.

Selquist schluckte, um in seinem trockenen Mund einen Rest Feuchtigkeit zu finden. Noch nie im Leben hatte er solche Angst gehabt. Er versuchte sorglos zu lachen, doch löste sich aus seiner Kehle nur ein vermurkstes Würgen.

»Was du dir wieder ausdenkst, Auger!« sagte Selquist, schluckte erneut und gab sich Mühe, das nervöse Zittern seiner Hände zu verbergen. Auch er hatte die Augen gesehen, aber er wollte sie ignorieren. »Du solltest nach Palanthas gehen und dich zum Barden ausbilden lassen. Das waren keine Augen. Das waren nur … nur Schatten. Geht weiter.«

Dieser Befehl war leicht zu befolgen. Die Zwerge wollten nichts lieber, als diesen Ort zu verlassen. Sie hatten zwanzig Schritte geschafft und waren noch ein ganzes Stück von ihrem Ziel entfernt, als von der anderen Seite der Höhle her ein schreckliches Bellen erklang.

Die Zwerge blieben wieder stehen und starrten sich an.

»Das war eine Drakonierstimme!« rief Pestel.

»Erst ein Grell, dann Augen mit Augenbrauen aus Feuer, jetzt heulende Drakonier«, knurrte Selquist. »Diese verdammten Daewars! Es war nicht nötig, den Schatz an einem so unpraktischen Ort zu verstecken.«

»Seht! Da rechts!« schrie Mortar.

Selquist sah hin, doch ein gewaltiger Stalaktit versperrte ihm den Blick. Der Drakonier bellte wieder, schrie Worte in einer Sprache, die keiner von ihnen verstand. Den Worten folgte ein heller Blitz unnatürlich blauen Lichts und das Geräusch von schnell fließendem Wasser weiter rechts, auf der anderen Seite der Lavagrube.

Die Zwerge hatten nicht vor abzuwarten, was als nächstes kommen würde. Sie rannten los. Sie waren bereits auf halbem Weg zum Ziel, als ihr Ziel plötzlich in einer Wolke aus heißem Dampf verschwand.

Die Zwerge husteten, keuchten und blinzelten. In dem dichten Nebel verschwand alles, auch sie selbst.

»Stehenbleiben!« brüllte Selquist. »Bleibt zusammen!«

Jeder Zwerg, der diesen Befehl hörte, ging davon aus, daß dieser Befehl für jeden anderen Zwerg gedacht war, nur nicht für ihn. Er war der Zwerg, der zum Ausgang rennen würde. Deshalb stolperte auch jeder Zwerg laut rufend im Nebel herum und suchte tastend nach dem Ausgang.

Zu ihrer Angst und Verwirrung kamen die schrecklichen Geräusche, die aus dem Nebel drangen, die Schreie eines Drakoniers und ein schauriges Zischen und Brüllen. Der Nebel begann sich zu heben. Als die Zwerge endlich wieder sehen konnten, stellten sie fest, daß sie über die ganze Höhle verteilt waren, manche gefährlich dicht davor, in die Grube zu stürzen. In diesem Augenblick begannen Boden und Wände zu beben.

Von rechts kam das Donnern einer Lawine. Die Höhle stürzte ein.

Die Zwerge hielten – erneut – auf den Ausgang zu, angeführt von Selquist. Er war der einzige Zwerg, der seinem eigenen Rat gefolgt war. Als der Nebel herangewogt war, hatte er an Ort und Stelle abgewartet, bis er sich wieder lichtete. Sobald Selquist den Ausgang ausmachen konnte, rannte er auf diesen zu. Ein Schrei hinter ihm ließ ihn den Kopf wenden. Er wurde unwillkürlich langsamer.

Ein Zwerg stand vor der leuchtenden Grube. Er schien wie versteinert, bewegte sich nicht – nur etwas in der Grube rührte sich. Ein Kopf aus Flammen und Rauch, mit Augen so leer wie die Ewigkeit, schoß herauf.

Selquist hatte noch nie zuvor einen Drachen gesehen, geschweige denn einen Drachen aus Feuer, aber er war sofort imstande, dieses Wesen als Feuerdrachen zu identifizieren. Das einzige, was er über Feuerdrachen wußte, war, daß man sich nicht lange in der Nähe eines solchen aufhalten durfte.

Der Drache spie Feuer auf den Zwerg, der augenblicklich in Flammen stand. Kreischend vor Schmerzen schlug der Zwerg um sich, tat einen falschen Schritt und rutschte mit einem gräßlichen Schrei in die Grube aus geschmolzenem Fels.

Todesangst und Ehrfurcht hinderten Selquist und alle übrigen Zwerge daran, sich zu rühren oder auch nur einen klaren Gedanken zu fassen. Noch einer von ihnen wurde zur lebenden Fackel, in Brand gesetzt vom Drachenodem. Das Ungetüm zog sich aus der Grube und wiegte dabei den Kopf hin und her, um seine Opfer im Blick zu behalten.

Plötzlich wurde Selquist klar, daß sie alle sterben würden, wenn niemand etwas unternahm.

»Was machen wir hier? Wie geschieht uns?« fragte er und schug sich mehrmals gegen die Stirn, um das schreckliche Gefühl der Hilflosigkeit zu vertreiben.

Nachdem dies gelungen war, ging er daran, seine Freunde aufzurütteln.

»Auger! Lauf! Pestel, du Idiot! Komm da weg! Mortar, du Lebensmüder – Oh, hol Reorx diese Dummköpfe! Was würden sie bloß ohne mich anfangen?«

Die leeren, schwarzen Augen konzentrierten sich auf Vellmer, dem die Haare zu Berge standen. Seine Streitaxt fiel herunter, landete mit einem dumpfen Klirren auf dem Felsboden. Der Drache holte Luft.

Selquist zückte seine eigene Streitaxt und ließ sie fliegen.

Unglücklicherweise war Selquist im Axtwerfen noch nie besonders gut gewesen. Er hatte immer Besseres zu tun gehabt, als zum Zeitvertreib Äxte in Bäume zu schleudern. Selquists Arme waren nicht besonders kräftig, denn sie waren mehr dafür geeignet, geschickt zu einem Fenster im Obergeschoß hochzuklettern, als große, schwere Waffen durch die Luft zu werfen. Er hatte nicht gut gezielt und erreichte weder den nötigen Schwung noch die nötige Höhe, die man braucht, wenn man Äxte nach Drachen schleudert.

Selquist verfehlte den Drachen komplett, aber er traf immerhin etwas. Er traf Vellmer – zum Glück mit dem Axtstiel.

Vellmer stürzte wie ein gefällter Baum. Der Flammenstoß des Drachen ging über den Braumeister hinweg, ohne ihn zu versengen.

Selquists Angriff hatte vielleicht sein Ziel verfehlt, doch er weckte Mut in den Herzen der anderen Zwerge.

»Attacke!« schrie Mortar, der ein viel besseres Händchen beim Axtwurf hatte. Er schleuderte seine Waffe nach dem Drachen und traf das Ungeheuer ins linke Auge.

Der Drache schlug um sich, warf den Kopf von einer Seite zur anderen. Das Auge war eine blutige Masse, die am Kopf das Drachen heruntertriefte.

Ermutigt nutzten die anderen Zwerge die Ablenkung des Drachen, um ihre Äxte – und alles, was sie hatten – auf den Feuerdrachen zu werfen. Unter dieser Deckung rannte Selquist vor. Auger und Pestle beugten sich über Vellmer. Sie versuchten vergeblich, ihn wachzurütteln.

»Schnell! Zieht ihn nach draußen!« Selquist erwischte den bewußtlosen Braumeister am Kragen. »Dafür habe ich ein Jahr Zwergenschnaps gut! Ihr zwei, nehmt seine Arme.«

Pestel und Mortar ergriffen jeder einen Arm, dann begannen sie, Vellmer zum Ausgang zu zerren.

Den Zwergen waren die Waffen ausgegangen, die sie auf den Drachen werfen konnten. Sie griffen jedoch weiter an, schleuderten Steine, Wasserschläuche und sogar ihre genagelten Stiefel.

Fassungslos über diesen Hagel, begann der Drache, zu Boden zu sinken. Aber erledigt war er noch lange nicht. Nachdem er seine feurige Mähne geschüttelt hatte, fuhr er mit seinem unversehrten Auge herum, um diese unangenehmen Plagegeister zu finden und zu vernichten.

»Rückzug!« brüllte Selquist, als offensichtlich war, daß sie nichts mehr zu werfen hatten.

Die Zwerge drehten sich um und flohen. Sie hielten nur an, um unterwegs ihre Verletzten aufzusammeln.

Der Drache machte einen plötzlichen Vorstoß. Flammen brachen aus seinem Maul hervor. Der Feuerstoß erwischte einige der Zwerge, die am nächsten an der Grube waren. Glühende Kohlen klebten an ihren Kleidern und setzten ihre Haare und die Bärte in Brand. Sie stolperten und stürzten und schrien ihren Kameraden zu, sie nur nicht im Stich zu lassen.

Ein leises, trillerndes Singen erklang von irgendwo hinter

dem Drachen. Ein Drakonier rannte aus der tiefroten Dunkelheit herbei und stieß seinen Kriegsschrei aus. Er hielt einen leuchtenden Stab in einer Hand, sein Schwert in der anderen, und Brust und Kopf waren durch einen Mantel aus glitzerndem, weißen Frost bedeckt, der wie eine Rüstung blinkte. Als der Drakonier dem Drachen näher kam, wurde sein Schrei lauter und höher. Der Kriegsschrei des Drakoniers wurde von den anderen Drakoniern aufgegriffen, die mit einstimmten und ihrem Kommandanten zu Hilfe kamen.

Der Drache versuchte, diese neuen Gegner zu fixieren, aber sie schienen von allen Seiten anzugreifen. Der erste Drakonier rannte heran und duckte sich unter den Zähnen hindurch, die nach ihm schnappten. Die magische Frostrüstung begann in der schrecklichen Hitze zu schmelzen, doch sie schützte den Drakonier noch so lange, daß dieser sein Schwert in das rechte Auge des Untiers stoßen konnte.

Der Drache warf seinen Kopf zur Seite, um das Schwert fortzuschleudern. Der Drakonier hielt fest, während er das Schwert immer tiefer hineinstieß, bis es so aussah, als würde er in die brennende Grube gezogen werden. Nachdem er im allerletzten Moment losgelassen hatte, fiel er erschöpft zu Boden. Der Drache sperrte seine Kiefer auf und wollte den Drakonier verschlingen, doch da traf der Rest der Truppe ein und bildete einen schützenden Kreis um ihren gefallenen Anführer. Einer von ihnen ergriff den großen Drakonier und zerrte ihn von der Grube fort.

»Jetzt!« schrie Mortar und rannte mit ein paar von den anderen zurück, um die gestürzten Zwerge in Sicherheit zu bringen.

Drakonierschwerter blitzten im roten Licht auf, stachen und stießen zu. Der Drache warf seinen Kopf nach oben und schlug mit seinen mächtigen Tatzen zu. Ein Hieb erwischte einen der Bozaks, den der Drache von hinten aufspießte. Der Bozak zuckte noch einen Augenblick, dann erschlaffte er.

»In Deckung!« schrie Selquist. Er hatte einmal einen Bozak sterben sehen und wußte, was kam. »Runter! Alle!«

Die Drakonier wußten offensichtlich auch, was kommen würde. Sie rannten los, auf den Eingang zu. Der Drakonier, der den Stab trug, kroch auf Händen und Knien in die entgegengesetzte Richtung.

Das Fleisch des Bozaks zerfiel und hinterließ ein Skelett. Der Drache versuchte, die Knochen des Skeletts von seiner Klaue zu schütteln, als die Knochen explodierten. Der Drachenkopf barst auseinander. Feuer brach aus seinem Schädel hervor. Er taumelte in die Grube.

»Bei Reorx, da sind noch mehr!« rief Mortar entsetzt.

Das Magma in der Grube brodelte. Rote Feuerwellen schlugen an den Fels.

»Das müssen Hunderte sein!« japste Pestel.

»Gut«, sagte Selquist händereibend.

»Gut?« kreischte Auger. »Bist du verrückt?«

»Ich bin ganz gut bei Verstand«, sagte Selquist kühl. »Das bedeutet, daß wir uns wegen der Drakonier keine Sorgen mehr machen müssen. Die sind jetzt vollauf beschäftigt.«

Inzwischen stand Selquist am Ausgang, von wo aus er winkte und brüllte: »Den Tunnel runter. Hier lang! Jetzt aber schnell!«

Ein dritter Drache kroch aus der Grube hoch. Er mußte der bisher größte sein, und hinter ihm folgten weitere.

»Bis wir zurück sind, räumt ihr mit den Biestern aber auf, ja?« schrie er den Drakoniern zu.

Die Zwerge halfen ihren Verwundeten auf die Beine, einschließlich Vellmer, der wissen wollte, wer ihn getroffen hatte.

»Ein Drakonier«, erwiderte Selquist ohne Zögern. Er zeigte zum Kampf hin. »Der Große da mit dem abgeknickten Flügel.«

Vellmer rieb sich grollend den Kopf. »Den hol' ich mir«, fauchte er wild.

»Komm du erst mal wieder richtig zu dir. Und hattest du nicht etwas anderes zu tun?«

Vellmer erinnerte sich. Nachdem er sich umgedreht hatte, begann er auf wackligen Beinen, den Tunnel entlangzulaufen, der Rest der Zwerge hinter ihm. Dieser Tunnel würde sie endlich zum Schatz führen.

Selquist wollte ihnen schon nachjagen, als ihm ein Gedanke kam.

»Mortar! Pestel! Wartet mal kurz bei mir«, rief er. »Ich habe eine Idee.«

Kapitel 19

Kang lag mit dem Gesicht nach unten und starrte erschüttert in das blubbernde Magma. Während einer Schlacht bei Pax Tharkas war er einst auf ein Vipernnest gestoßen. Die Schlangen hatten sich in einem windenden Knoten ineinander verkeilt, so daß niemand ihre Anzahl erkennen oder auch nur sagen konnte, wo eine Schlange begann und eine andere endete.

Vor Hitze wie betäubt sah Kang zahllose Augen, leere Augen, die wiederum ihn anstarrten, sah unzählige Feuerdrachen, die sich drehten und wanden und übereinanderkrochen, bis sie sich ausgewachsen aus der geschmolzenen Lava erhoben, deren magische Verkörperung sie waren.

Wenn diese Wesen entkamen, würden sie nicht nur Thorbardin überrennen, sie würden ganz Krynn heimsuchen. Das – so wurde ihm langsam klar – ist die Aufgabe, die uns die Königin der Finsternis gestellt hat. Nicht einen oder zwei dieser Feuerdrachen zu töten. Nein, die ganze Schlangengrube auszumerzen.

Er drehte seine Augen, die in ihren Höhlen vor Schmerzen brannten, dem Stab zu.

»Sie hatte nie damit gerechnet, daß wir diese Mission überleben«, erkannte Kang. »Wir sind ihr Selbstmordkommando, wie jene legendären Ritter, die in die letzte Schlacht ritten mit … wie hieß er noch …« Kang konnte nicht mehr klar denken. »Huma oder so.« Es war sowieso egal.

»Sir! Sir!« Eine Stimme schrie ihn an. »Kommandant!«

Kang wünschte, die Stimme würde aufhören. Warum konnten sie ihn nicht einmal in Ruhe lassen? Was war denn jetzt schon wieder los? Erwarteten sie, daß er sie wieder aus der Sache heraushaute? Erwarteten sie, daß er diesmal ihre schuppigen Häute rettete? Dann würden sie eine große Enttäuschung erleben. Er würde schlafen und ins Feuer sinken …

Wasser spritzte über ihn. Es zischte auf seinen heißen Schuppen, brachte ihn jedoch wieder zu Bewußtsein. Eine Klauenhand hatte ihn am Harnisch gepackt und zog ihn von der Grube fort.

Ein paar Schritte weiter ließ die Hand ihn auf den Boden fallen.

»Alles in Ordnung, Sir?« fragte Slith. Er hielt einen Wasserschlauch der Zwerge in den Händen.

Kang setzte sich auf. Er konnte nicht mit Worten antworten, denn seine Kehle war wund, und er atmete nur unter Anstrengung. Aber es gelang ihm zu nicken.

»Ihr ruht Euch hier aus, Sir. Wir kümmern uns um dieses Gewürm.« Noch ehe Kang etwas erwidern konnte, war Slith aufgesprungen und kehrte in den Kampf zurück.

»Wir müssen sie töten«, sagte Kang zu sich selbst. Er war von der Hitze, den Dämpfen und dem Schmerz wie gelähmt. »Sie alle töten. So lautet mein Befehl.«

Aber es sah so aus, als würde das Gegenteil eintreten. Der Drache spießte einen Bozak auf seine Klaue. Kang sah den Bozak sterben. Er hatte gerade noch genügend Kraft, vor der Explosion aus dem Weg zu kriechen.

Der Feuerdrache starb, doch an seiner Stelle schoß der Kopf eines anderen hoch. Kang hörte eine zweite Explosion. Noch ein Bozak tot. Wie konnten sie Geschöpfe bekämpfen, denen sie sich nicht einmal nähern konnten, ohne geröstet zu werden. Er saß auf dem Boden und starrte ins Leere. Eine seltsame, schreckliche Lethargie hatte ihn erfaßt.

Sein zielloser Blick hob sich an die riesige, domartige Decke der Höhle. Stalaktiten aus Fels, der durch die Hitze geschmolzen war, sahen aus wie enorme Zähne. Die eigentlich schwarzen Stalaktiten glitzerten im Licht des Feuers rot. Kang kam sich vor wie im Maul eines riesigen Tieres, dessen Kiefer voller Fangzähne steckte. Ein Maul, das sich über ihnen allen schließen würde …

»Das ist es«, sagte Kang.

Er sprang auf. Die Lethargie war verflogen. Er suchte und fand Slith, der ein Stück entfernt kämpfte.

»Rückzug!« bellte Kang, dessen Stimme durch die Höhle hallte. »Zurück!«

Slith sah sich um und starrte ihn an, um sich zu vergewissern, ob er richtig gehört hatte.

Kang winkte und zeigte zum Höhleneingang, der gleich hinter den Drakoniern lag. »Geht den Weg zurück, auf dem ihr gekommen seid!«

Slith nickte kurz. Seine Stimme fauchte Befehle, und die Drakonier traten einen geordneten Rückzug an, bei dem sie ihre Verwundeten mitnahmen. Keine Panik wie bei den disziplinlosen Zwergen. Keine wilde Flucht. Die Feuerdrachen schossen ihnen schnappend nach. Flammen flackerten rundherum auf. Es fielen noch mehrere Drakonier, aber der Rest hielt zusammen und wankte nicht.

Kang sah zu ihnen hinüber. Stolz auf seine Männer stieg in seiner Brust auf. Es war ein gutes Gefühl, ein Gefühl, auf dem er aufbauen konnte. Er wartete, bis alle in Sicherheit waren. Slith drehte sich um, und erst in diesem Augenblick stellte er fest, daß sein Kommandant ihnen nicht gefolgt war.

Slith schien um ein Haar zurückrennen und ihn retten zu wollen. Der Königin sei Dank blieb er, wo er war. Er wußte, daß Kang einen Plan hatte, und vertraute ihm.

Kang wünschte, er wäre sich seiner Sache genauso sicher.

Einer der Feuerdrachen, wütend darüber, daß er seine Beute verloren hatte, drehte sich um und erblickte Kang. Mit weit aufgerissenem Kiefer schoß er auf den Drakonier zu.

Kang hob den Stab und zeigte – nicht auf den Drachen, sondern an die Decke der Höhle.

»Nächstes Mal sag uns die Wahrheit, Majestät«, sprach er leise. »Du brauchst keine Tricks, damit wir dir dienen.«

Der Stab leuchtete blau. Das Leuchten wurde heller, tentakelartige Blitze wanden sich um ihn. Kang fühlte Zorn, den Zorn seiner Königin. Er richtete sich nicht gegen Kang, sondern gegen das Schicksal, das sie zermalmte, das sie bald von ihrem Thron und aus ihrer Welt stoßen würde. In diesem Moment wußte oder begriff er es nicht, aber dies war Takhisis' letztes Aufbegehren, ihr allerletzter Wutausbruch, eine Ohrfeige ins Gesicht des Vaters, der gekommen war, um sich an seinen göttlichen Kindern zu rächen.

Ein blauweiß gezackter Blitz brach aus dem Stab und traf die Decke genau über der Grube der Feuerdrachen. Stalaktiten explodierten. Riesige Felsbrocken regneten herunter. Sie krachten in die Grube und zerschmetterten die Körper der Feuerdrachen. Einige lagen zerquetscht am Rand der Grube. Anderen gelang es, in die geschmolzenen Tiefen der Grube zu entkommen.

Rings um Kang krachten ebenfalls Felsen herunter, doch er blieb stehen, um den blendenden Lichtstrahl weiter auf die Decke zu richten. Der Lichtstrahl beschützte ihn vor den Steinen, die über ihm herunterstürzten, ein Vorteil, den er nicht erwartet hatte, für den er aber gewiß dankbar war. Wenn die Steine die Aura trafen, die ihn umgab, prallten sie harmlos daran ab und rollten über den Boden.

Immer mehr Gestein kam herunter. Staub erhob sich in die Luft. Lava spritzte in großen Schwällen in die Höhle. Kang konnte die Decke nicht mehr sehen, richtete das Licht jedoch weiter in die Richtung.

Ein tiefes Rumpeln erschütterte die Höhle. Vor Kangs Füßen klaffte ein Spalt auf, der sich zum Rand der Magmagrube zog. Der Boden würde splitternd auseinanderbrechen.

»Sir!« Das war Sliths Stimme, die durch das Chaos zu ihm vordrang.

Kang begann, sich Schritt für Schritt zurückzuziehen. Er tastete nach dem Ausgang hinter sich, durch den die Zwerge verschwunden waren. Doch konzentrierte er sich weiterhin auf die Zerstörung der Höhle.

Im Raum war es jetzt viel dunkler. Das feurige Licht erstarb, als die Höhle sich mit Geröll füllte. Mit etwas Glück bedeutete das, daß die Feuerdrachen starben. Nur das strahlendblaue Licht, das ihn umgab, spendete noch Helligkeit, und plötzlich ging dieses Licht aus. Der Stab in Kangs Hand erlosch.

Steine trafen ihn, erst kleine Splitter, die durch die Luft flogen und seine Schuppenhaut verletzten. Ein Felsen krachte dicht neben ihm herunter. Ein faustgroßer Stein traf seine Schulter, ein anderer zerriß ihm einen Flügel.

Die Höhle stürzte in sich zusammen. Kang versuchte, sich mit letzter Kraft in Sicherheit zu bringen. Er landete auf dem Bauch, hörte seine Rippen brechen und bekam keine Luft mehr. Er konnte nicht atmen, sich nicht mehr bewegen. Der Boden unter ihm bebte. Um ihn herum donnerten krachend die Felsen herunter.

Kleine, dunkle Gestalten umringten ihn. Hände griffen nach ihm, Hände mit Fingern, anstatt Klauen. Haarige Gesichter beugten sich über ihn. Die Zwerge hoben ihn an seinem Harnisch hoch und schleppten ihn zum Ausgang. Dort legten sie ihn ab.

Kang hob den Kopf und starrte sie benommen an. Seine Kraft war beinahe verbraucht.

Einer der Zwerge bückte sich, um Kang den Stab aus der kraftlosen Hand zu ziehen.

»Geschäfte mit euch sind eine wahre Wonne«, sagte der Zwerg und lief davon.

Und dann war Kang von Finsternis umgeben.

Auch in ihm herrschte Finsternis.

Kapitel 20

Hustend von dem Gesteinsstaub, der in großen, erstickenden Wolken aus der Drachenhöhle drang, drosselte Selquist sein Rennen zum Gehen. Mißtrauisch behielt er die Höhlendecke im Blick, aber obwohl diese zitterte und bebte, schien sie nicht auf ihn niederstürzen zu wollen.

»Ihr Hylar-Zwerge habt einen guten und stabilen Tunnel gebaut«, sagte Selquist zu jedem ihrer Toten, der vielleicht gerade in der Nähe war.

»Wo sind sie denn alle hin?« fragte Auger nervös.

»Wahrscheinlich dem Staub ausgewichen«, meinte Pestel, dessen Stimme wegen des Taschentuchs, das er vor seinen Mund gebunden hatte, gedämpft klang.

»Da, ich glaube, ich sehe sie.« Selquist deutete nach vorn.

Durch den allgegenwärtigen Staub war das flackernde Licht einer Fackel zu erkennen. Voller Brandblasen hatten sich ihre Kameraden unter einem riesigen Stützbalken gesammelt, denn sie erwarteten offenbar, daß im nächsten Augenblick der ganze Berg über ihnen zusammenstürzen würde. Ihrer Waffen beraubt und größtenteils barfuß, boten die Zwerge einen traurigen Anblick.

»Wer ist da?« rief jemand aus dem Staub.

Selquist wollte antworten, aber im gleichen Moment schluckte er Staub, was das Atmen interessant und Sprechen unmöglich machte. Er hustete und spuckte, bis er schließlich japsen konnte: »Ich!«

»Und Mortar und Pestel und Auger«, fügte Auger hinzu.

»Ach, Selquist. Wir dachten, du wärst tot«, sagte Vellmer in einem Tom, der andeutete, daß seine geheimen Hoffnungen zunichte waren. »Was ist dahinten los? Sind das die Feuerdrachen?«

»Kommen sie uns nach?« fragte ein anderer Zwerg ängstlich.

»Die Drakonier«, knurrte ein anderer. »Die kommen uns nach.«

Selquist schüttelte den Kopf, hustete noch ein paar Mal, dann winkte er ab, um ihre Ängste zu zerstreuen und gleichzeitig den Staub auseinanderzutreiben.

»Macht euch keine Sorgen wegen der Feuerdrachen und der Drakonier. Die haben sich gegenseitig umgebracht. Haben die ganze verdammte Höhle über sich einstürzen lassen. Wir haben es gesehen.«

Er zeigte auf Auger, Mortar und Pestel, die feierlich nickten.

»Das ist ja alles schön und gut!« schimpfte Vellmer, der sich an der Tunnelwand abstützte, um sich auf den Beinen zu halten, während der Boden unter seinen Füßen bebte. »Aber es wird uns nicht viel helfen, wenn sie die Höhle auch über uns einstürzen lassen!«

Das Rumpeln ließ nach. Plötzlich war es still. Der Gesteinsstaub, der in der Luft hing, begann sich langsam zu setzen.

Die Zwerge lauschten, hörten aber nichts.

»Was habe ich euch gesagt?« sagte Selquist. »Alle tot.« Er summte ein paar Töne eines zwergischen Liebeslieds und sah überaus selbstzufrieden aus. »Na, seid ihr nicht froh, daß ich die Drakonier mitgebracht habe?«

»Nicht besonders.« Vellmer massierte seinen schmerzenden Kopf. »Was hast du da in der Hand?«

Selquist erinnerte sich zu spät daran, daß der magische Stab bestens zu erkennen war. Augenblicklich schob er ihn in seinen Ärmel.

»Ach, nichts«, sagte er achtlos.

»Es sah aus wie ein magischer Stab. Derselbe Stab, den der Grell dabei hatte«, sagte Vellmer mißbilligend. »Derselbe Stab, der den armen Hammerkopf getötet hat.«

»Vielleicht ist er das. Vielleicht auch nicht.« Selquist zuckte mit den Schultern. »Zauberstäbe sehen doch fast alle gleich aus, soweit ich das weiß. Gehen wir weiter. Der Schatzraum ist ganz in der Nähe, wenn ich mich recht entsinne. Wo ist denn die Karte?«

Doch die Zwerge ließen sich nicht irreführen.

Auger wirkte schockiert. »Ist es das, was du dem toten Drakonier gestohlen hast?« Er verzog das Gesicht. »Ich finde, es ist nicht recht, die Toten zu bestehlen, Selquist.«

»Es mag nicht recht sein, aber es ist sicher«, murmelte Selquist.

»Dieser Stab ist ein Artefakt des Bösen«, stellte Mortar tugendhaft fest. »Ich finde, du solltest ihn wegwerfen und dann ein Gebet zu Reorx sprechen und ihn um Vergebung bitten.«

»Na schön, ich spreche ein Gebet zu Reorx«, murmelte Selquist in seinen Bart. »Und bitte ihn, euch allesamt hinwegzufegen und erst in Kenderheim wieder runterzulassen.«

»Du weißt doch, welchen Ärger das heilige Medaillon der Königin der Finsternis dir eingebrockt hat, bevor du es wieder losgeworden bist«, erinnerte ihn Pestel.

Der Stab lag kalt an Selquists Haut, und nun traf ihn tatsächlich ein kurzer Anflug von Zweifel. Zum Glück siegte die Logik – die bereits den Wert der Rubine, Saphire, Smaragde, Diamanten und, wie sein erfahrenes Auge zu erkennen glaubte, einiger sehr schöner schwarzer Opale abschätzte – über den Aberglauben.

»Das war ein heiliges Symbol«, erklärte Selquist. »Natürlich war die Königin der Finsternis verstimmt, als ich es gestohlen habe. Sie hielt es für ein … Sak… Sakrileg.« Stolz sprach er das gebildet klingende Wort aus.

»Dieser Stab bedeutet ihr nichts! Magie. Puuh!« Selquist

schnipste mit den Fingern. »Dafür würde sie keine zwei Ghule hergeben. Ihr Sohn ist es, der für die Magie verantwortlich ist, wißt ihr, und nach allem, was ich so gehört habe, ist Nuitari ein großzügiger, umgänglicher Kerl mit viel Sinn für Humor. Der würde keinen mit einem Fluch belegen, bloß weil man zufällig den einen oder anderen Zauberstab aufhebt, der herrenlos herumliegt.«

Die anderen Zwerge schien das wenig zu überzeugen. Sie sahen Selquist finster von der Seite an, und die meisten rückten ein Stück von ihm ab.

»Ihr habt doch keine Ahnung«, fuhr Selquist in herablassendem Ton fort. »Keiner von euch denkt weiter. Was geschieht, wenn die Drakonier uns folgen? Wie sollen wir gegen sie kämpfen?« Er hielt den Stab hoch. »Damit.«

»Du hast gesagt, die Drakonier wären tot«, erinnerte ihn Vellmer.

»Das sind sie auch.« Selquist hatte seine vorherige Lüge schon vergessen. Es war ein anstrengender Tag gewesen; er hatte mit Grells, Feuerdrachen und seinen langsam denkenden Zwergenbrüdern fertig werden müssen. »Was ich meinte, war der Grell. Es könnten noch mehr in dem Schatzraum sein. Dort hat der Grell den Stab wahrscheinlich ursprünglich hergehabt.«

Vellmer überlegte und gab zu, daß diese Vermutung durchaus zutreffend sein konnte.

»Weißt du, wie man diesen Stab benutzt?« wollte er wissen.

»Natürlich«, sagte Selquist.

Vellmer mochte Zweifel daran hegen, zuckte jedoch nur mit den Schultern und sagte: »Gehen wir also. Wir müssen Eier aufschlagen. Und zeig bloß nicht mit dem Ding auf mich«, fügte er mit einem wütenden Blick auf Selquist hinzu, der den Stab probehalber herumschwenkte.

»Du weißt doch gar nicht, wie man ihn benutzt, oder?« flüsterte Auger, der neben seinem Freund herging.

»Nicht richtig«, gab Selquist zu. Er steckte den Stab wieder in seinen Ärmel. »Aber wie schwer kann das schon sein? Schließlich haben die Drakonier ihn benutzt, und jeder weiß, daß sie nur den Verstand einer Eidechse haben. Also halt einfach den Mund, Auger. Ich weiß, was ich tue.«

Auger seufzte und schüttelte den Kopf. Doch er war von Grund auf loyal, und er vertraute Selquist, deshalb schwieg er.

Die Zwerge brachen auf. Vellmer ging voran. Zwerge sind zäh und wenig phantasievoll, deshalb halten sie sich nicht mit Gewesenem auf. Die Schrecken der Schlacht mit den Feuerdrachen gerieten bereits in Vergessenheit.

Es tat ihnen leid um ihre gefallenen Kameraden, doch der Gedanke an Truhen voller Stahlmünzen, voller Gold und Silber und seltener, wundervoller Juwelen milderte ihre Trauer. Die Toten würden jeder einen fairen Anteil erhalten, wie tote Zwerge schon immer mit den Lebenden geteilt hatten.

Selquist tastete an dem blauen Stab herum. »Ich kann ihn benutzen«, sagte er zuversichtlich zu sich selbst. »Ich weiß, daß ich es kann!«

Die Zwerge vor ihm hielten an.

»Was ist denn?« fragte Selquist, der sich nach vorne durchdrängelte. Die vordersten Zwerge waren um eine scharfe Biegung im Stollen getreten. Vor ihnen lag eine große Höhle.

»Das muß es sein«, sagte Selquist, dessen Hals vor Aufregung wie zugeschnürt war. »Leuchtet mit dem Licht hinein!«

Die Zwerge hatten nur eine einzige Fackel retten können, den Rest hatten sie auf den Drachen geworfen. Ein Zwerg trug das Licht an den Eingang zur Höhle und leuchtete umher. Die Höhle war lang und flach und hatte eine ganz bestimmte Form.

»Ja«, sagte Selquist. »Ich bin sicher, daß es hier ist. Ich erkenne die Form, wie ein Halbmond! Der Nebenraum ist irgendwo dahinten.«

»Sehen wir erst mal nach, ob es in dieser Höhle nicht auch

wieder böse Überraschungen gibt«, meinte Mortar. »Wer geht als erster rein?«

»Selquist!« Das Votum war einmütig.

»Du hast schließlich den Stab«, warf Vellmer in – wie Selquist fand – gehässigem Ton ein.

»Ach, was soll's«, knurrte Selquist. Mit der Fackel in der einen Hand und dem Stab in der anderen betrat er die Höhle.

Der Rest der Zwerge sammelte sich am Eingang und sah zu.

Selquist durchquerte die gesamte Höhle. Sie war einladend leer.

»Alles klar«, rief Selquist zu seiner eigenen, großen Erleichterung.

Die Zwerge schwärmten herein und sahen sich eilig um.

Diese Höhle glich sehr den anderen, durch die sie gekommen waren. Zurückgebliebenes Werkzeug lag auf dem Boden herum, an einem Ende waren herausgeschlagene Steine aufgehäuft. Die Eisenschienen führten herein, aber nicht wieder hinaus. Sie liefen genau auf eine massive Felswand zu. Nicht eine einzige Stahlmünze lag herum, und kein Edelstein glitzerte aus dem Steinhaufen.

»Wo ist der Schatz?« wollte Vellmer wissen.

»Hinter der Wand da«, erklärte Selquist. »Sie ist falsch«, ergänzte er.

Die Zwerge betrachteten die Wand konsterniert. Sie verlief über die gesamte Länge der Höhle. Vierzig Zwerge hätten sie davor aufstellen können, ohne das Ende zu erreichen. Sie bestand aus riesigen Steinblöcken, die mit einer Art Masse zusammengefügt sein mußten, die jetzt so hart war wie die Steine selbst. Die Zwerge hatten all ihr Werkzeug eingebüßt, denn sie hatten es zusammen mit ihren Stiefeln und Waffen dem Feuerdrachen überlassen.

»Wir haben Werkzeug«, sagte Selquist, als sich achtzehn wütende Augenpaare auf ihn richteten. »Schönen Gruß von den Hylaren.« Er zeigte auf einen Stoß Spaten und Picken.

Mortar nahm eine Picke, bei der jedoch sofort der Kopf vom Griff abfiel. »Die übrigen Sachen sind auch nicht viel besser«, stellte er fest.

»Wir brauchen doch nicht die gesamte Wand zu durchbrechen«, sagte Selquist. »Nur einen Teil. Der Nebenraum ist nicht sehr groß. Die Daewars haben einen Teil dieser falschen Wand geöffnet, die vor ewigen Zeiten von den Hylaren erbaut wurde.«

Selquist erinnerte sich an die Bemerkung des Schreibers: »Sie haben den Schatz versteckt und die Wand dann wieder verschlossen und dafür gesorgt, daß die Stelle genauso aussah wie der Rest der Wand. Wenn wir diese Stelle finden, sollten wir die falsche Wand leicht einschlagen können.«

Die Zwerge verteilten sich und begannen, mit den Knöcheln an dieWand zu pochen, um vielleicht eine Stelle zu finden, die hohl klang. Selquist nahm die Fackel und begann, die Wand genau zu untersuchen. Es mußte doch irgendein Zeichen für die richtige Stelle geben. Er lief die gesamte Länge der Mauer ab, ohne jeglichen Erfolg allerdings.

»In Reorx' Namen, wo ist es?« schimpfte Pestel niedergeschlagen.

»Ich glaube überhaupt nicht mehr, daß hier etwas ist«, knurrte Vellmer. »Ich glaube, Selquist hat uns alle auf Kendergeschwätz hin hierhergeführt!«

»Ich hab's gefunden!« schrie Mortar aufgeregt.

Selquist wischte sich den Schweiß von der Stirn. Er zweifelte nie an sich – jedenfalls nie lange –, aber er war doch froh, diese Worte zu hören.

Mortar klopfte mit dem Kopf der zerbrochenen Picke gegen die Wand. An einer Stelle klang es dumpf. An der nächsten hell. Mit wiedererwachter Energie sammelten sich die Zwerge um ihn. Mit Hilfe der Picke kratzte Mortar den offensichtlichen Umriß des Eingangs zur Schatzkammer in die Wand.

Aufgeregt und eifrig gingen die Zwerge, die den Schatz

praktisch schon riechen konnten, an die Arbeit. Mit aufgesammelten Hämmern und Picken schlugen sie auf die Wand ein. Einige besonders Begeisterte versuchten, sich mit den Fingernägeln durch die Steine zu graben.

Steinsplitter flogen. Auger schlug ein Loch in die Wand und stellte dabei fest, daß sie aus nur einer Reihe Steine bestand.

»Halt! Wartet einen Augenblick!« rief Selquist. »Laßt mich durch.«

Die Zwerge hörten auf zu arbeiten und wichen zurück.

Selquist trug seine Fackel nach vorn. Die Öffnung war so groß, daß er die Faust hindurchstecken konnte. Er bückte sich und spähte hinein.

»Macht weiter! Hier ist es!« schrie er begeistert.

Die Zwerge nahmen ihre Arbeit mit doppeltem Eifer wieder auf. Ein guter Schlag von Mortar brach ein großes Stück heraus. Das Loch war jetzt schon fast so groß, daß ein Zwergenkopf hindurchpaßte.

»Wartet! Laßt mich noch mal nachsehen!«

Das Hämmern hielt inne. Selquist steckte die Fackel durch das Loch und blinzelte hinein. Das Licht fiel auf Metall und flackerte, denn Selquists Hand zitterte so, daß er die Fackel beinahe fallen gelassen hätte. Hastig zog er sich von dem Loch zurück.

»Ich habe es gesehen!« sagte er mit bebender Stimme. Er zitterte am ganzen Körper. »Ich habe es gesehen, sage ich euch! Gold, Stahl, Silber, Edelsteine. Es ist alles da!«

Die Zwerge schlugen mit solchem Feuereifer auf die Mauer ein, daß diese unter dem Ansturm in sich zusammenfiel. Scharfe Felssplitter flogen nach allen Seiten und verursachten kleinere Schnitte, von denen niemand Notiz nahm. Wer kein Werkzeug hatte, schleppte die Felsbrocken beiseite, damit die anderen Platz zum Arbeiten hatten.

»Wir sind durch!« brüllte Mortar hingerissen. Er ließ den Hammer fallen. Die Zwerge stürmten vor, um sich durch die kleine Öffnung zu drängen. Selquist schaffte es, sich als erster durchzuquetschen. Hinter ihm kamen schubsend und drängelnd die anderen Zwerge.

Selquist hielt die Fackel hoch. Er stand schweigend da. Zum ersten Mal im Leben war er so überwältigt, so hingerissen, so betäubt, daß ihm die Worte fehlten. Ein Zwerg nach dem anderen trat in den Raum. Auch sie sahen sich um und wurden still.

Sie hatten den geraubten Schatz von Neraka gefunden.

Kapitel 21

Als Kang erwachte, waren da nur Schmerz und Schweigen und Finsternis. Er konnte sich nicht genau daran erinnern, was geschehen war, aber er wußte, er sollte tot sein, und war leicht überrascht, daß er es nicht war. Er lag ganz still, denn er wagte keine Bewegung, weil er nicht wissen wollte, welche Knochen alle gebrochen waren. Sein Kopf tat weh, ebenso seine Schulter, und er spürte ein zentnerschweres Gewicht auf einem Bein. Seine Rippen schmerzten bei jedem Atemzug.

Die Drakonier mit den Rückenverletzungen kamen ihm in den Sinn, wie sie den ganzen Tag dasaßen und Leder flickten. Kang biß die Zähne zusammen und versuchte, seine Beine zu bewegen. Das Geröll bewegte sich, etwas fiel auf den Boden. Ein Schmerz durchschoß sein linkes Bein, aber es bewegte sich, genau wie das rechte.

Kang ließ sich einen Moment Zeit, um sich erleichtert zu entspannen. Dann fragte er sich, worüber er erleichtert sein sollte. Er würde sterben. Welchen Unterschied machte es da, ob er als Krüppel starb oder nicht?

Wie Kang so allein und schmerzgepeinigt im Dunkeln lag, sah er der Tatsache ins Gesicht, daß seine Suche vorbei war. Er hatte keine Ahnung, wie lange er bewußtlos gewesen war, aber inzwischen hatten die Zwerge den Schatzraum zweifellos gefunden. Sie hatten ihn gefunden und die Dracheneier zerstört.

Die Drakonier hätten sie ohnehin nicht mehr aufhalten können. Nicht nach Kangs Entscheidung, einen Teil des Berges auf die Feuerdrachen stürzen zu lassen. Er hatte die Befehle seiner Königin befolgt und die Feuerdrachen vernichtet. Durch diese Tat hatte er sein Volk zum Aussterben verurteilt.

Aber er hatte Befehle befolgt, und das war die erste Pflicht eines Soldaten.

In der Finsternis konnte er nichts erkennen, weder Wände noch eine Decke.

Langsam und vorsichtig kroch Kang durch ganz allmähliche Gewichtsverlagerungen unter dem Steinhaufen hervor, der ihn bedeckte. Jede Bewegung war eine Qual, aber er zwang sich, nicht aufzugeben. Während er um sich tastete, stellte er fest, daß er zwar den Einsturz der Höhle überlebt hatte, jetzt jedoch im Stollen gefangen war. Es schien keinen Ausgang zu geben. Er konnte sich nicht einmal erinnern, in welcher Richtung der Ausgang lag. Er war von Geröll und Schutt umgeben.

Lebendig begraben. Nur noch auf den Tod warten, darauf warten, an Hunger und Durst zu sterben …

Kang schüttelte die Verzweiflung ab. Ja, die Situation erschien hoffnungslos. Vielleicht würde er sterben, aber erst nachdem er alles Erdenkliche getan hatte, um sich womöglich doch zu retten. Er setzte sich hin, um vernünftig über die Sache nachzudenken. Er wollte wie ein Pionier denken.

Die hohe, gewölbte Decke der Höhle war auf die Lavagrube gestürzt. Das bedeutete, daß viel von dem Gestein direkt in die Grube gefallen war. Der Rest des Gesteins hatte wahrscheinlich einen Hügel über der Grube gebildet, wie einen riesigen Ameisenhaufen. Die Stelle, wo Kang lag, der ehemalige Ausgang, befand sich am Rand des zerstörten Gebiets. Fels und Schutt würden hier nicht so tief sein. Er müßte in der Lage sein, einen Weg nach draußen zu finden.

Kang fühlte mit seinen Händen herum, damit er eine ungefähre Vorstellung von der Größe der Stelle bekam, an der er gefangen saß, und das Ausmaß des Einsturzes abzuschätzen.

Er begann, kleinere Steine beiseite zu schieben, wobei er nach frischer Luft schnüffelte. Die würde bedeuten, daß er einen angrenzenden Minenstollen entdeckt hätte.

Als er seine Hände an einen riesigen Felsen legte, rüttelte er daran und fühlte ihn wackeln. Er war versucht, ihn aus dem Weg zu schieben, zwang sich jedoch, erst um den Felsen herum zu tasten, um nach Möglichkeit herauszufinden, weshalb er instabil war. Diese Instabilität wollte er nach besten Kräften nutzen. Der Felsen lag schief auf einem anderen. Kang drückte den Felsen mit seinem ganzen Gewicht nach vorn. Er rollte zur Seite und gab eine Öffnung frei. Kang wälzte den Felsen ganz aus dem Weg.

Kühle Luft zog über sein Gesicht und ließ seine Schnauze vor Genuß zucken. Und darüber hinaus sah er Licht! Mattes Licht, staubiges Licht, aber immerhin konnte Kang nun sehen, wo er war und was ihn umgab.

Kang steckte Arme und Schultern in die Öffnung, die durch das Entfernen des Felsens entstanden war. Über brüchige, sich verschiebende Felsen zog sich Kang aus dem Loch, wobei er wegen der schmerzenden Rippen laut stöhnte. Die scharfkantigen Steine gruben sich in seine Hände und Knie. Sein linkes Bein brannte bei jeder Bewegung. Entweder hatte er etwas gebrochen oder eine schlimme Quetschung. Doch das Licht und die Luft wirkten wie Zwergenschnaps auf ihn, berauschten ihn und linderten den Schmerz.

Kang kroch in die Höhle der Feuerdrachen, die jetzt völlig verändert aussah.

Ein neuer Berg war entstanden, ein Berg aus Felsen und Geröll, ein Berg im Berg. Durch einen Spalt weit, weit oberhalb von Kang drang Licht herein. Es war so weit oben, daß er seinen Ursprung nicht erkennen konnte.

Er hielt inne, um sich zu orientieren, aber die Höhle hatte sich derart verändert, daß er keine Ahnung hatte, wo er war und wo die Eingänge und Ausgänge gewesen waren. Er konnte

Wochen graben, ohne einen Ausweg zu finden, und Kang hatte nur noch Tage zu leben, bevor er dem Durst erlag.

Er konnte versuchen, auf den neuen Berg zu klettern, um die Lichtquelle zu erreichen. Doch als er den gewaltigen Wirrwarr aus Felsen und abgeschlagenen Stalaktiten betrachtete, die gefährlich wackelig übereinanderlagen, verwarf er diese Idee. Noch während er zusah, rutschte ein Felsen ab, polterte den Berg hinunter und löste eine kleine Lawine aus. Der Berg war viel zu instabil, und in seiner gegenwärtigen Verfassung – verletzt, ohne Nahrung und Wasser – würde er es niemals schaffen. Er war kaum besser dran als zuvor, nur würde er nicht mehr in völliger Finsternis sterben.

Obwohl er die Vergeblichkeit seiner Mühe einsah, begann Kang zu graben. Er scharrte an den Steinen herum, als ihm bewußt wurde, daß er außer den Geräuschen, die er selbst verursachte, noch andere hörte.

Kang erstarrte. In der Hand hielt er einen Stein. Das Geräusch ging noch einen Moment weiter, dann brach es ab. Kurz darauf ging es wieder los, dann brach es wieder ab.

Kang ergriff einen zweiten Stein und schlug sie aneinander. Klopf, klopf, klopf, Pause. Klopf, klopf, Pause. Klopf.

Atemlos wartete er mit pochendem Herzen auf eine Antwort.

Nichts.

Er wiederholte den Rhythmus. Klopf, klopf, klopf, Pause. Klopf, klopf, Pause. Klopf.

Immer noch nichts. Seine Hoffnung schwand.

Kang senkte den Kopf und wollte aufgeben. Wozu weiterkämpfen. Warum nicht einfach hinlegen und sterben? Verzweiflung strömte in die Leere, die die Hoffnung hinterlassen hatte.

Dann hörte er ein Geräusch wie Metall auf Stein von irgendwo unter ihm.

Kling, kling, kling, Pause. Kling, kling, Pause. Kling.

Kang antwortete, indem er in wilder Aufregung seine zwei Steine aneinanderschlug.

Wieder die Antwort. Das waren seine Drakonier! Das mußten sie sein.

Der Schmerz schwand. Kang grub hektisch weiter, wühlte sich durch den Schutt. Er verlor jedes Zeitgefühl, bemerkte nur nebenbei, daß die Lichtsäule in der stauberfüllten Höhle sich verschoben hatte und länger wurde. Eine oder vielleicht auch zwei Stunden waren verstrichen.

Kang hievte einen großen Stein zur Seite. Er war müde, so müde wie nie zuvor in seinem Leben. Mit der Erschöpfung kehrte der Schmerz zurück, durchschoß ihn, bis es Kang so vorkam, als wären alle seine Muskeln gerissen. Seine Hände waren blutig, seine Klauen abgebrochen. Er war unglaublich durstig und so hungrig, daß er am liebsten die Steine gefressen hätte.

Er grub weiter. Das Klopfen kam näher. Und dann hörte er Stimmen. Seine Hände öffneten ein Loch.

Sliths Gesicht tauchte auf und blickte zu ihm hoch. »Sir! Was bin ich froh, Euch zu sehen! Geht es Euch gut? Bei der Königin, Ihr seht furchtbar aus. Ruht Euch einfach aus, Sir! In einer halben Stunde haben wir Euch hier raus.«

Er verschwand, tauchte jedoch fast augenblicklich wieder auf. »Schön, Euch lebendig wiederzusehen, Sir!«

Kang fiel in sich zusammen. Vor Müdigkeit und Schmerz hätte er fast geschluchzt. »Ich kann nicht mehr graben, Slith. Ich kann einfach nicht mehr.«

Slith bellte Befehle nach hinten und warf dann einen besorgten Blick auf seinen Kommandanten. »Ruht Euch aus, Sir. Wir werden Euch im Handumdrehen befreit haben.«

Kang lag wie gelähmt ausgestreckt auf den Steinen. Er wußte, er müßte Pläne schmieden und herausfinden, was als nächstes zu tun war. Sie waren der Gefahr noch keineswegs entronnen. Sie konnten noch immer unter dem Berg lebendig begraben sein. Er mußte nachdenken … aber sein strenger, innerer Meister ließ ihn im Stich, verweigerte einfach die Mitarbeit.

»Dieses eine Mal in deinem Leben überlaß jemand anderem die Verantwortung«, befahl ihm der Meister.

Kang gehorchte kläglich. Erschöpft fiel er in tiefen Schlaf.

Ein Aufschrei weckte ihn. Die Drakonier waren durchgebrochen. Slith erreichte ihn als erster. Mit sanften Händen ergriffen die Drakonier ihren Kommandanten und halfen ihm vorsichtig nach unten in den Stollen.

Kang versuchte zu stehen, aber seine Knie gaben nach. Slith half ihm, sich auf einen Felsen zu setzen. Zwölf Drakonier umringten ihn. Sie waren von Felsstaub und Blut bedeckt, ihre Schuppen waren schwarz und versengt, aber alle grinsten wie Honigkuchenpferde.

»Wasser!« krächzte Kang.

Slith reichte Kang einen Wasserschlauch. Er trank, machte eine Pause, trank noch einmal und gab den Schlauch zurück.

»Irgendwelche Befehle, Sir?« fragte Slith. Er griff nach vorn und steckte Kang etwas an den Harnisch – das Medaillon des Kommandanten.

Kang sah es an und schüttelte den Kopf. Ihm fiel nicht das geringste ein. »Nein, Slith. Keine Befehle.«

»Sir«, erwiderte Slith respektvoll, »dürfte ich dann vorschlagen, daß wir weiter dem Tunnel folgen? Wir glauben, daß der Schatzraum am anderen Ende liegt.«

Kang starrte seinen Stellvertreter benommen an. »Ihr wollt sagen, daß … der Tunnel zum Schatz …«

»Er ist genau hier, Sir. Ihr sitzt darin. Er steht auf der Karte, aber die Karte zeigt, daß er versperrt wurde. Der Einsturz der Höhle muß ihn geöffnet haben.«

Kang drängte seinen trägen Verstand zu funktionieren. Traurig schüttelte er den Kopf. »Selbst wenn es so ist und wir den Schatz finden, ist der einzige Ausgang doch verschüttet.«

»Aber nein, Sir. Der Seitentunnel ist noch offen. Dort waren wir, als die Decke einstürzte. Wir haben uns durch das Geröll in die Richtung gegraben, wo wir Euch zu finden hofften. Der Weg ist frei. Es wird nicht leicht sein, aber wir können es schaffen.«

»Ihr seid sicher, daß er dahin führt ... wo er soll?« Kang konnte es nicht glauben.

»Ich habe Späher ausgeschickt, Sir. Sie berichten, daß der Tunnel nicht nur frei von Geröll ist, sie haben auch die Zwerge gehört, die einen Haufen Krach machen, Hämmern und Klopfen. Das ist noch nicht lange her, Sir.«

»Hämmern. Das bedeutet, daß sie den Vorraum noch nicht gefunden haben«, folgerte Kang.

»Oder sie haben ihn gefunden und versuchen jetzt durchzubrechen.«

Slith breitete die Karte aus. Das Licht oben aus dem Riß im Berg nahm bereits ab. Er rief nach der Laterne.

»Seht her, Sir. Der Schatz liegt in diesem Teil der Vorkammer. Den Symbolen nach befinden sich die Dracheneier hier drüben. Selbst wenn die Zwerge durchbrechen, sind sie vielleicht lange genug durch den Schatz abgelenkt –«

Kang war schon auf den Beinen, denn die Hoffnung setzte seine müden, schmerzenden Muskeln in Gang.

»Brechen wir auf«, befahl er.

Kapitel 22

Die Zwerge waren wie vom Donner gerührt. Sprachlos starrten sie den Schatz an, der herrlicher, strahlender, schöner und wertvoller war, als jeder – selbst Selquist – zu träumen gewagt hätte.

Das war der Schatz eines Empires. Eines gierigen, räuberischen Empires.

Stahlmünzen quollen aus teilweise geöffneten Truhen. Rubine und Smaragde, Saphire und Diamanten und unzählige andere kostbare Steine, die in hübschen und ausgefallenen Fassungen glitzerten, lagen über den Boden verstreut, als ob eine ungeschickte Zofe aus Versehen die Schmuckschatulle ihrer Herrin fallen gelassen hätte.

Rüstungen – noch immer auf Hochglanz poliert und offensichtlich magisch – waren in einer Ecke gestapelt, andere wachten schweigend auf Ständern an der Wand. Waffen, von denen ein unheimliches Licht ausging, lagen achtlos an einer Wand auf einem Haufen.

Zauberbücher in unzähligen Farben standen an einer anderen Wand. Zwischen ihnen lagen magische Spruchrollen mit schwarzen, weißen oder roten Bändern herum. Geschlossene Kisten und Truhen waren über die Kammer verteilt und marterten die Zwerge mit Vorstellungen, welche Schätze sie wohl verbergen mochten.

Selquists Augen füllten sich mit Tränen. Er mußte sich auf Auger stützen.

»Bei Reorx, ist das schön!« schluchzte Selquist.

Seine Worte befreiten die Zwerge aus dem Zustand der Verzauberung, in den der Anblick des Schatzes sie versetzt hatte. Sie stürzten in die Kammer, begannen herumzusuchen, öffneten Deckel, spähten hinein, brachen in staunende oder begeisterte Rufe aus. Sie stopften sich die Taschen mit Juwelen voll, ließen Münzen in ihre Hemden rieseln und bedauerten den Verlust ihrer Stiefel, die sie mit noch mehr Beute hätten füllen können.

Zu diesem Zeitpunkt, auf der Höhe der allgemeinen Begeisterung, machte Mortar eine erschütternde Entdeckung.

»Selquist!« rief er.

Es dauerte eine Weile, bis Selquist ihn hörte. Er hatte seine Hände in ein Faß Stahlmünzen gesteckt und ließ glücklich das Geld durch seine Finger rinnen. Er träumte von dem palastartigen Haus, das er in Palanthas errichten würde.

»Selquist!« Mortar gab seinem Freund einen Klaps auf den Kopf.

Endlich drehte sich Selquist zu ihm um. »Was?« fragte er mit einem Anflug von Habsucht in der Stimme.

»Selquist, die Schienen enden hier«, sagte Mortar.

»Und?« Selquist sah darin kein Problem.

»Die Schienen sind hier zu Ende!« wiederholte Mortar, dessen Stimme seine Panik verriet. »Es ist eine Sackgasse. Es gibt keinen Ausgang!«

Die letzten Worte waren ein Schrei, der durch die ganze Kammer hallte. Die anderen Zwerge hielten in ihrem Staunen und Zählen inne und wandten Mortar bleiche Gesichter zu. Selquist zuckte mit den Schultern und wollte gerade sagen, sie würden einfach den gleichen Weg nehmen, auf dem sie gekommen waren, als ihm einfiel, daß dieser Weg ja unter mehreren hundert Tonnen Gestein begraben lag. Er schluckte.

Eiskalt lief es ihm den Rücken hinunter. Er konnte gut hier unten gefangensitzen, ohne jeden Ausgang, ohne Vorräte und

Wasser, für immer. Selquist brauchte nicht viel Phantasie, um sich sein eigenes Skelett über diesem Faß Stahlmünzen liegend vorzustellen.

Hastig fischte er seine Karte heraus. Die anderen Zwerge versammelten sich um ihn. Der Schatz war vergessen. Juwelen konnte man nicht essen, Gold nicht trinken.

Selquist suchte und suchte nach einem zweiten Ausgang. Er drehte die Karte auf den Kopf, zur Seite, sah sogar auf die Rückseite, obwohl er doch genau wußte, daß da nichts war.

»Nun?« fragte Vellmer mit vor Sorge rauher Stimme.

Selquist schluckte wieder. »Tja ... ähm ... es scheint ... hm ... keinen anderen Weg zu geben ... jedenfalls, soweit ich das sehe. Das heißt nicht, daß keiner da ist«, schloß er, um noch eine gewisse Hoffnung offenzulassen.

Die Zwerge blickten ihn finster an. Ein paar, unter ihnen Vellmer, knirschten mit den Zähnen und ballten die Fäuste.

»Das ist nicht meine Schuld!« wehrte sich Selquist. »Wenn diese blöden Drakonier die Höhle nicht zum Einsturz gebracht hätten, hätten wir –« Er hielt inne. Der Gedanke an die Drakonier hatte ihn auf eine Idee gebracht.

»Sag mal«, meinte Auger, der einen anderen Teil der Höhle erforscht und die furchtbare Nachricht noch nicht mitbekommen hatte, »ich habe gerade eine ganze Kiste voller Eier gefunden. Meint ihr, das sind die Drakoniereier?«

»Toll«, grummelte Pestel. »Von den Eiern können wir wenigstens eine Zeitlang leben, vielleicht eine oder zwei Wochen.«

»Sie sind nicht besonders frisch«, stellte Auger fest.

»Natürlich nicht, du Idiot!« Pestel funkelte ihn an. »Darum werden wir auch alle hier unten sterben!«

»Häh? Sterben?« Auger sah ihn verständnislos an. »Was hab' ich verpaßt?«

»Nur, daß Selquist uns in eine Sackgasse geführt hat«, knurrte Vellmer.

»Und Selquist«, erwiderte Selquist stolz und verächtlich, »wird euch auch wieder rausführen.«

»Jaaa? Wie?« Die Zwerge sahen ihn zweifelnd an.

Selquist zog den Stab aus dem Ärmel. »Das ist der Stab, mit dem die Drakonier die Decke heruntergeholt haben. Ich werde damit einen Tunnel durch den Fels bohren.«

Die Zwerge wirkten wieder hoffnungsvoller. Mit neuem Respekt betrachteten sie Selquist und den Stab.

»Also«, sagte er kurz angebunden, um der Frage zuvorzukommen, wie er den Stab benutzen wollte. »An die Arbeit. Wir müssen alles aufschreiben, was wir hier unten finden. Da wir die Eisenkarren nicht benutzen können, werden wir nicht den ganzen Schatz auf einmal mitschleppen können. Deshalb dürfen wir nur die wertvollsten Dinge mitnehmen und lassen den Rest zurück, bis wir mit mehr Männern wiederkommen. Während ich die beste Stelle für einen Durchbruch suche, legt ihr anderen fest, was wir mitnehmen und was nicht.«

Das müßte alle eine ganze Weile beschäftigen, dachte sich Selquist. Lange genug, um herauszufinden, wie er den Stab benutzen mußte.

Die Zwerge waren bereits kurz davor, sich zu prügeln, während sie darüber stritten, ob magische Stahlarmbänder so wertvoll wie gewöhnliche Diamantenarmbänder waren und ob sie die Spruchbücher gleich mitnehmen oder zugunsten der magischen Waffen zurücklassen sollten.

»Zeig mir die Dracheneier«, sagte Selquist zu Auger. Die zwei brachen in einen dunklen, abgelegenen Teil der Kammer auf. Selquist beabsichtigte, etwas mit dem Stab zu üben.

Erfreut, mit seiner Entdeckung angeben zu können, führte Auger seinen Freund an eine große Kiste. Das Schloß war schon lange vor der Ankunft der Zwerge aufgebrochen worden, wahrscheinlich von den Daewars, die es nie ersetzt hatten. Auger hob den Deckel an und zeigte stolz seinen Fund vor. Selquist, der nun doch neugierig wurde, blickte hinein.

In dem Stroh lagen zehn Dracheneier, jedes von der Größe einer großen Wassermelone. Die Eier waren silbern, golden, bronzefarben, messingfarben und kupfern. Sie waren glatt und perfekt geformt und hätten hinreißend ausgesehen, wäre da nicht jenes schwache, kränkliche, grünliche Licht, das ab dem Moment von ihnen auszustrahlen begann, als Selquist näher kam.

»Was ist das für ein Glanz?« fragte Auger erschrocken.

»Wahrscheinlich der Zauber, mit dem sie die Schwarzen Roben und die Schwarzen Kleriker belegt haben«, vermutete Selquist. Er war ebenso alarmiert, versuchte aber, es nicht zu zeigen. »Ich finde, du solltest den Deckel schließen.«

»Das finde ich auch«, meinte Auger, der zaghaft die Hand ausstreckte. Sein Arm schien jedoch nur ungern zu gehorchen, denn seine Finger wollten einfach nicht näher kommen.

»Ich kann nicht, Selquist«, rief er mit erstickter Stimme. »Hilfe! Ich kann meinen Arm nicht bewegen!«

Selquist ergriff den Arm seines Freundes, drückte ihn herunter und zog Auger von der Kiste weg in eine dunkle Ecke.

»Vergiß es«, sagte er. »Soll Vellmer sich der Sache annehmen. Er ist derjenige, der die Eier zerbrechen will. Wir beide müssen herausfinden, wie dieser Stab funktioniert.«

»Ich dachte, du hättest gesagt, das wäre ganz einfach«, erinnerte ihn Auger. »Selbst die Drakonier mit ihren Eidechsenhirnen hätten ihn benutzt, hast du gesagt.«

»Dann sollte ich ihn vielleicht einfach dir geben, du Eidechsenhirn«, gab Selquist zurück. Allmählich bekam er schlechte Laune. »Natürlich kann ich damit umgehen. Ich muß nur ein bißchen üben, mehr nicht.«

Selquist dachte an die Grube mit den Feuerdrachen zurück. Er erinnerte sich an den Drakonier, der den Stab benutzt und den Spruch gesagt hatte. Selquist versuchte, sich jede Bewegung, jedes Wort, ins Gedächtnis zu rufen. Leider waren die Worte auf drakonisch gewesen, und bei all dem Gekreische,

Gefluche und Geschrei hatte Selquist sie nicht so richtig mitbekommen. Die einzigen Worte, an die er sich deutlich erinnerte, hatten mit Königin Takhisis zu tun.

Selquist zielte mit dem Stab auf eine vielversprechende Stelle in der massiven Felswand und sprach: »Bei der Gnade der Königin der Finsternis.«

»Ich finde nicht, daß du solche schlimmen Dinge sagen solltest«, protestierte Auger, der von dem Stab abrückte. »Dir könnte etwas Schreckliches zustoßen!«

»Mir ist etwas Schreckliches zugestoßen. Ich sitze in einer Höhle gefangen, mit womöglich mehr Reichtum, als selbst ich ausgeben könnte, und das ohne jeden Ausgang«, murmelte Selquist so leise, daß Auger es nicht hören könnte.

Erwartungsvoll starrte er den Stab an.

Nichts geschah. Die fünf Drachen des Stabs, deren fünf Schwänze sich um den Stiel wanden und deren fünf Mäuler offenstanden, gaben keinen Laut von sich und erstrahlten nicht in blauem Licht. Sie sahen unglaublich dumm aus, wie Selquist verärgert dachte.

»Komm schon, Takhisis! Hör zu!« befahl er und schüttelte den Stab.

Auger japste und bedeckte die Augen, damit ihm der Anblick erspart bliebe, wie Selquist auf der Stelle geröstet, gegeißelt, gehäutet, ausgeweidet, gevierteilt und in ein Schreckgespenst verwandelt werden würde.

Was nicht geschah. Genausowenig wie der Stab funktionierte.

»Und?« kam eine schneidende Stimme.

Selquist drehte sich um. Vellmer und der Rest der Zwerge versammelten sich hinter ihm. Selquist stellte fest, daß sie alle jetzt schwer bewaffnet waren, denn sie hatten sich mit den magischen Waffen ausgerüstet.

»Laßt mir nur einen Moment Zeit, ja?« sagte Selquist kalt. »Ich bekomme bereits ein Gefühl dafür.«

Vellmer runzelte die Stirn. »Ach, ja? Nun, während du ein Gefühl für den Stab bekommst, werde ich mal diese Eier zerschmettern.« Er drohte Selquist mit dem Finger. »Bis ich damit fertig bin, solltest du uns lieber hier rausbringen können.«

»Das werde ich«, versicherte Selquist.

Mit dem Schwert in der Hand lief Vellmer zur Truhe. Er kam jedoch abrupt zum Stehen, denn der Anblick des unheimlichen, grünen Lichts, das heller wurde und einen erschreckenden Glanz auf jeden warf, der in seine Nähe kam, schien ihn erheblich zu erschüttern. Die Zwergensoldaten, die ihn begleiteten, eilten gleich nach dem ersten Blick in den vorderen Teil der Kammer zurück. Vellmer hielt die Stellung und versuchte sogar, sein Schwert über die Eier zu heben.

Auf seinem Gesicht bildeten sich Schweißperlen. Sein Arm zitterte in der Luft. »Ich … kann es nicht …«, preßte er durch die zusammengebissenen Zähne hervor.

Zu jedem anderen Zeitpunkt hätte Selquist dieser Anblick erheitert, aber im Moment waren seine Gedanken ganz woanders. Zum Beispiel dabei, am Leben zu bleiben.

Selquist wandte sich von Vellmer und Auger ab, kehrte sein Gesicht von dem grünen Licht ab. Mit Blick auf den tiefsten, dunkelsten Teil der Schatzkammer, streckte Selquist den Stab auf, konzentrierte all seine Gedanken auf die Anrufung der Königin der Finsternis, versprach ihr seine Seele und alles, was sie sonst noch wollte, einschließlich zehn Prozent seines Anteils, und schrie verzweifelt: »Im Namen ihrer Majestät, Takhisis, Königin der Finsternis, ich befehle dir, diesen Fels in Stücke zerspringen zu lassen!«

Selquist legte jedes Quentchen Willen, Energie, Kraft, Hoffnung und Wunschvorstellung in den Stab. Seine Hand zitterte vor Anstrengung. Der Stab zitterte ebenfalls, aber auch nur wegen Selquist. Das verdammte Ding reagierte nicht.

Der Zwerg kochte vor Wut. Er hatte die Entdeckung seines Lebens gemacht, ach, von sechs Leben, besaß mehr Reichtum, als er in sechs Leben hätte anhäufen können. Er hatte genug Geld für ein Schloß in Palanthas, wenn er wollte, und ein Leben wie ein König – mit Gossenzwergsklaven und Zwergenmädchen, die ihn umschwärmten, und Menschen, die sich respektvoll verneigten und ihn »Lord Selquist« titulierten, und er sollte hier in dieser dämlichen Kammer sterben. Und alles bloß, weil dieser verteufelte Stab nicht funktionierte.

»Und, was ist jetzt?« wollte Vellmer mit gehässiger Stimme wissen. Offenbar hatte er es zumindest vorläufig aufgegeben, die Eier zu zerbrechen. Jetzt konnte er sich wieder Selquist widmen. »Hast du deinen Stab jetzt endlich im Griff?«

»Nein!« schrie Selquist wütend. »Warum versuchst du es nicht einfach?«

Selquist fuhr herum und warf Vellmer den Stab an den Kopf.

Instinktiv duckte sich Vellmer. Der Stab flog über seinen Kopf und traf die Truhe mit den Dracheneiern.

Blaues und grünes Licht blitzte gräßlich auf.

Eine Explosion erschütterte die Kammer.

Vellmer flog durch die Luft und landete an der Wand. Auger wurde rückwärts gegen Selquist geworfen, der auf den Boden stürzte.

Das grüne Licht leuchtete heller und heller. Die Zwerge konnten seinen Glanz nicht ertragen. Sie kniffen die Augen zu, bedeckten sie mit ihren Händen und konnten das grausige Licht immer noch sehen. Tränen strömten ihnen in die Bärte. Sie brüllten vor Schmerz.

Und dann war das Licht vorbei, durch eine Finsternis ersetzt, die sie im ersten Augenblick als Segen empfanden. Dann erschien sie weniger segensreich, denn sie stellten fest, daß sie alle so gut wie blind waren. Ihre Fackel war erloschen.

Aus der Finsternis ertönte ein seltsames Geräusch.

Mortar keuchte atemlos: »Was ist das für ein Geräusch?«

»Klingt wie aufbrechende Eier«, sagte Auger hilfsbereit.

Kapitel 23

Als ihm klar wurde, was er gerade gesagt hatte, schrie Auger prompt auf.

»Licht, wir brauchen Licht!« befahl Selquist und rappelte sich vom Boden auf.

Er hörte, wie in der Finsternis hektisch nach der Fackel herumgetastet wurde und wie dann nervöse Hände vergeblich versuchten, mit Flint und Stein Feuer zu schlagen. Dann kam ein Funke, und die letzte Fackel flammte spuckend auf.

Gemeinsam näherten sich die Zwerge der Kiste, wo sie ihre schlimmsten Befürchtungen bestätigt fanden.

Jedes einzelne Ei war von spinnwebeartigen Rissen überzogen.

Entsetzt sahen die Zwerge reglos zu, wie das erste Ei, ein goldenes, weit aufklaffte. Ein winziger, echsenartiger Kopf stieß aus der Schale hoch und kämpfte sich heraus. Er machte das Maul auf und quiekte. Mehrere Reihen rasiermesserscharfer, weißer Zähne glänzten auf. Daneben kamen weitere Köpfe hoch.

»Gütiger Reorx, rette uns!« setzte Mortar an.

»Reorx, Quatsch«, schrie Vellmer. Er war etwas angesengt und von seinem unfreiwilligen Flug gegen die Wand ziemlich mitgenommen, aber er stand schon wieder auf den Beinen. »Wir müssen uns selbst retten. Tötet diese Drachenbrut, Männer. Tötet sie jetzt! Schnell! Sie werden Hunger bekommen und ihn an uns stillen!«

Die Zwerge packten ihre Schwerter und traten näher.

Die Eier brachen auf. Die Zwerge konnten nicht alle zählen, aber es mußten hundert winzige Drakonier sein, die dort auf wackligen Beinen zu stehen versuchten. Die winzigen Flügel klebten noch naß an ihrem Rücken. Beim Anblick der Zwerge rissen die Drakonier bettelnd ihre Mäuler auf. Der Zauber, der sie all die Jahre beschützt hatte, war gebrochen. Sie waren hilflos und verwundbar wie jedes andere Neugeborene.

Die Zwerge hoben ihre Waffen.

»Keine Bewegung!« rief eine tiefe, schneidende Stimme von hinten. »Rührt euch nicht. Der erste Zwerg, der auch nur zuckt, ist ein toter Zwerg.«

Die Zwerge zögerten. In ihren Händen zitterten die Waffen. Sie warfen einen Blick über die Schulter.

Vierzehn Drakonier standen am Eingang der Kammer. Jeder hielt ein Schwert in der Hand.

»Zurück«, sagte der große Drakonier, der ihr Anführer zu sein schien.

Vellmer fauchte vor Wut. Er wollte sich widersetzen. Mit dem Schwert in der Hand drehte er sich um und hielt es über die frischgeschlüpften Drakonier.

»Tu dein verdammtes Werk, Drako! Wir sind hier unten gefangen, wir sind sowieso tote Zwerge! Aber wenigstens werde ich euch Teufel tot sehen!«

»Ihr seid nicht gefangen«, kam die unerwartete Antwort. »Werft eure Waffen weg. Zurück von der Kiste. Überlaßt die Jungen uns, dann zeigen wir euch den Weg nach draußen.«

»Halt! Vellmer! Du Dummkopf!« Selquist warf sich auf den Zwerg, ergriff Vellmers Schwertarm und wand ihm die Waffe aus der Hand. »Hast du nicht gehört, was sie sagen? Sie werden uns den Weg nach draußen zeigen!«

Langsam ließen auch die anderen Zwerge ihre Waffen sinken. Widerstrebend sahen sie ihren jahrelangen Feinden ins Gesicht.

»Wie können wir euch vertrauen?« fragte Vellmer den großen Drakonier.

»Vertrau ihnen, vertrau ihnen!« flüsterte Selquist ihm ins Ohr.

Vellmer ignorierte ihn. »Wir geben unsere Waffen ab, und ihr tötet uns einfach, um uns an eure böse Brut zu verfüttern.«

»Mein Name ist Kang«, stellte sich der Drakonier vor. »Ich bin Kommandant des Ersten Pionierregiments. Wir sind das Töten leid. Wir wollen nur die dort mitnehmen, die Kinder unserer Rasse, und in Frieden leben. Darauf gebe ich euch mein Wort.«

Vellmer lachte höhnisch. »Ihr lebt in Frieden, na schön. Ihr lebt in Frieden, bis diese Echsenmädchen groß werden und ihr sie zu euren Frauen macht, und dann wird es mehr von euch Echsenwesen geben, und ihr überrennt das Tal. Und was wird dann aus uns? Was wird dann aus unserem Volk?«

Die anderen Zwerge stimmten ihm leise murmelnd zu.

»Es wäre besser für unser Volk, wenn wir alle hier unten sterben würden«, sagte Vellmer finster. »Lieber stirbt jeder einzelne von uns, als stets diesen schrecklichen Tag vor Augen haben zu müssen. Und, Meister Kang, wenn du so ehrlich bist, wie du behauptest, kannst du mir nicht erzählen, daß es nicht so kommen wird.«

Der große Drakonier schwieg nachdenklich. Die Zwerge verharrten in grimmigem Schweigen. Sie waren bereit, die Drohung ihres Anführers zu verwirklichen und zu sterben. Die anderen Drakonier schwiegen. Sie waren bereit, die Zwerge zu töten, wenn der Befehl erteilt wurde. Alles, was man hörte, war das Quieken und Zirpen der hungrigen Nestlinge.«

»Du hast recht, Zwerg«, sagte Kang mit belegter Stimme. »Ich könnte nicht garantieren, daß es nicht so kommt, wie du gesagt hast. Ich kenne mein Volk. Wir sind von Natur aus rücksichtslos und aggressiv. Wir würden uns ausbreiten wollen, und ihr wärt uns im Weg.« Er hob sein Schwert und machte einen Schritt nach vorn.

Die anderen Drakonier sammelten sich hinter ihm.

Vellmer wollte an die Nestlinge heranrücken. Wahrscheinlich konnte er noch eine ganze Reihe von ihnen töten, bevor die Drakonier ihn erwischten.

Selquist sah all seine Hoffnungen, seine Träume, sein Schloß in Palanthas um sich herum zerplatzen. Er machte einen letzten, verzweifelten Versuch.

»Ihr könntet doch wegziehen!« Es war der erste Gedanke, der ihm in den Sinn kam.

Kang hielt inne. Er starrte Selquist an. »Was hast du gesagt?«

»Ihr könntet aus dem Tal wegziehen!« wiederholte Selquist. Die Idee erschien ihm plötzlich ganz gut. Was wenig überraschend war, da sie schließlich von ihm stammte. »Ja, zieht weg! Woandershin. Egal wohin. Vielleicht nach Norden?«

Ein anderer Drakonier, der hinter Kang stand, meinte: »Das wäre eine Idee, Sir. Solange noch Krieg und Verwirrung herrschen, könnten wir durch die Berge nach Norden durchschlüpfen, ohne daß es jemandem auffällt.«

»Es gibt jede Menge erstklassiges Land, besonders rund um Neraka. Verlassene Städte, die nur darauf warten, daß unternehmungslustige Leute – so wie ihr – anmarschiert kommen und sie in Besitz nehmen. Ihr könntet euch ausbreiten, soviel ihr wollt! Na, einverstanden?« fragte Selquist eifrig.

Kang überlegte, dann sagte er: »Ja, einverstanden.«

»Vellmer?« fragte Selquist.

Vellmer rang einen Augenblick mit der Idee, dann willigte er mürrisch ein: »Wenn sie sich bereit erklären, aus unserem Tal zu verschwinden, einverstanden.«

Die Zwerge senkten die Waffen und traten von der Kiste zurück. Die Drakonier senkten die Waffen und traten von den Zwergen zurück.

Selquist, der den Atem angehalten hatte, bis er fast blau geworden war, konnte wieder Luft holen.

Kang kam herüber und beugte sich über die frischgeschlüpften Drakonier. In der hohlen Hand hob er einen vorsichtig aus dem Nest. Schalenreste klebten an dem Kleinen. Das winzige Wesen wand sich in seinen Händen. Sanft setzte er es in die Truhe zu seinen Schwestern zurück.

»Die Feuerdrachen sind vernichtet«, sagte Kang. »Wenn unsere Königin so will, werden die Helden in der Lage sein, Chaos zu besiegen, und die Welt ist gerettet. Zum ersten Mal in unserer Geschichte gibt es Hoffnung für unsere Rasse. Wenn wir sterben, wird es Junge geben, die unseren Platz einnehmen. Jetzt, da wir eine Zukunft haben, können wir beginnen, uns an der Gegenwart zu erfreuen.«

Andere Drakonier traten hinter ihrem Anführer hervor. Auch sie griffen in die Kiste und hoben die winzigen Nachkommen hoch. Die Kleinen schmiegten sich wärmesuchend an die erwachsenen Drakonier.

»Seht nur, Sir«, sagte einer. »Ich glaube, sie hat mich schon gern!«

Der große Drakonier nickte. Seine Kehle war vor Glück wie zugeschnürt.

Selbst die Zwerge wirkten gerührt. Sie scharrten mit den Füßen, sahen einander schief an und gaben schroff zu verstehen, daß ihnen die Freude der Drakonier egal war – doch gleichzeitig gaben sie sich größte Mühe, unter ihren Bärten das Lächeln zu verbergen, das ihnen bei diesem Anblick den Mund verzog. Die Drakonier waren keine schlechten Nachbarn gewesen. Wirklich nicht. Und ein paar hundert Meilen entfernt würden sie noch viel bessere Nachbarn sein.

Sanft und sehr liebevoll setzten die Drakonier die Kleinen in ihr Strohnest zurück.

Kang gab Befehle zum Transport der Kiste. Zwei der Drakonier hoben sie an.

»Fertig zum Abmarsch«, sagte Kang. »Ihr Zwerge könnt uns folgen.«

Vellmer stand da, kratzte sich den Bart und wirkte irgendwie beschämt. Dann sagte er abrupt: »Tut mir leid, daß wir euer Dorf niedergebrannt haben.«

»Wirklich?« Kang war überrascht.

»Ja«, fuhr der Braumeister fort. »Und wenn ihr in Zukunft mal Zwergenschnaps braucht ... also ... sagt einfach Bescheid, ich mache euch einen fairen Preis.«

»Danke für das Angebot, Sir«, sagte Kang ernst, »aber wir haben jetzt eine ganz andere Verantwortung. Ich glaube nicht, daß wir noch Zwergenschnaps brauchen. Falls doch«, fügte er eilig hinzu, um die Höflichkeit des Zwergs zu erwidern, »wissen wir, wo wir den besten bekommen!«

Vellmer lief rot an, so sehr freute ihn das Kompliment.

»Das Geheimnis liegt in den Pilzen«, erklärte er Kang, als sie zusammen die Schatzkammer verließen. »Man muß sie um Mitternacht sammeln. Und dann muß man ...«

Im Gang fuhr er weiter fort, Kang in die hohe Kunst des Destillierens einzuweihen, während er neben dem Drakonier einherschritt.

Der Rest der Zwerge packte zusammen und bereitete den Aufbruch vor. Sie nahmen von dem Schatz mit, soviel sie nur tragen konnten, und noch etwas dazu. Pestel konnte sich kaum noch bewegen; er klingelte bei jedem Schritt. Auger, der über und über mit Geschmeide behängt war, versuchte zu entscheiden, welche kostbare Kette er welcher Freundin schenken wollte. Alle gingen halbgebückt unter ihrer Last – bis auf Selquist.

»Auger?« begann er. »Könntest du mir helfen –«

»Nein«, sagte Auger. »Diesmal trägst du deinen Anteil selbst.«

»Pestel«, versuchte es Selquist bei seinem anderen Freund. »Es ist nicht viel –«

»Absolut nicht. Ich schaffe gerade meine eigenen Sachen.«

»Mortar. Mein Rücken. Ich glaube, ich habe ihn verrenkt –«

»Puh!« sagte Mortar und ging los.

Selquist stand einen Augenblick in tiefes Nachdenken versunken da, dann sprach er einen Drakonier an.

»Wie heißt du? Gloth? Also, Gloth, du bist doch ein großer, starker Drako, nicht wahr? Ich wette, du könntest dieses Faß Stahlmünzen ohne jede Anstrengung hochheben und wahrscheinlich bis nach Palanthas tragen, ohne etwas davon zu merken. Tja, ich kenne da zufällig so eine verlassene Stadt, die sich perfekt für euch und eure neue, junge Brut eignen würde. Sie liegt südwestlich von Nordmaar. Trag du mir dieses Faß, und ich verrate dir, wie ihr dorthinkommt.«

»Weißt du«, fuhr Selquist fort, »ich habe da diese Karte …«